이슬라

김성중

이슬라

김성중

소설

PIN

009

차례

PIN
009

이슬라

김성중

1장
백 년 동안의 열다섯

내일이면 팔십사 세가 된다.

정확히 말하자면 백팔십사 세가 되는 것이다. 나는 백 년간 열다섯이었으므로.

뼈에 새겨진 백 년을 떠올려본다. 그 전과 후의 인생을 합친 것보다 길었던 나의 백 년. 백 년을 보낼 나이를 스스로 정할 수 있었다면 나는 열다섯을 선택했을까? 내 생애 이보다 자주 던진 질문은 없을 것이다.

"절대로 이 나이는 아니었을 거야. 차라리 죽여다오!"

우리 할아버지에게 '백 년을 보낼 단 하나의 나

이'라는 질문을 던졌다면 이렇게 대답하셨을 것이다. 시간이 흐르지 않는 사건은 누구에게나 당황스러운 일이지만 할아버지만큼 끔찍한 경우도 드물었을 것이다.

할아버지는 임종 직전이었다. 마지막 모습을 지켜보려고 친척들이 우리 집 현관을 넘어왔다. 어쩌다 정신이 맑아지면 할아버지는 자손들에게 축복을 빌어주고 작별 인사를 했다. 막내 고모가 눈물을 터뜨렸고 가장 늦게 도착한 삼촌까지 할아버지의 손등에 입을 맞췄다. 그런데 모두가 기다려온 마지막 손님, 죽음만은 끝내 도착하지 않았다.

일주일이 지나도록 할아버지는 살아 있었다. 아들들이 장례식을 취소하고 절차를 미루는 소리를 고스란히 들어야 했던 할아버지는 치욕을 당한 사람처럼 울었다. 인생의 모든 배역을 소화한 마지막 순간에 이런 곤란이 생길 줄 누가 알았겠는가. 친척들이 돌아간 다음에도 할아버지는 백 년이나 이어진 한숨을 길게 내쉬었다. 지금 와서 생각하면 지구 어딘가에 같은 처지에 놓인 환자와 노인들도 더러 있었을 것이다.

그 이상한 시간 동안 아이들은 한 명도 태어나지 않았다. 백 년 동안 배가 부른 임부들만 있을 뿐이다. 예컨대 우리 넷째 숙모처럼. 숙모는 여덟 달 된 태아를 품은 채 몇 년을 버티다 집을 나갔다.

죽지도 태어나지도 않는 시간.

무엇인가 명백하게 어긋난 시간.

컵 속의 얼음조차 녹지 않던 백 년의 여름. 녹지 않고 사라지지 않는 공중 감옥에서 모두들 허둥대기만 했다. 당시에는 미래에 시간이 다시 흐를 것이라는 사실을 아무도 몰랐기 때문에 혼란은 더욱 가중되었다.

시간이 어떻게 되돌아왔을까? 지금까지 내 비밀은 오직 이것이었다. 시간을 다시 흐르게 만든 사람, 그것은 나였다. 이슬라가 내게 죽음을 선사하기 위해 모두의 죽음을 다시 낳아주었다. 이 이야기는 아무에게도 털어놓지 않았다. 무력한 인생을 살아온 나에게도 누설할 비밀이 하나쯤 있어야 하니까.

할아버지 이야기나 마저 하자.

중단된 장례식 이후 할아버지는 "아직도?"와 "죽여다오"라는 말만 반복했다. 아무리 기다려도 달라지는 것이 없자 할아버지는 기발한 생각을 했다. 말문을 닫고 죽은 사람처럼 굴기 시작한 것이다. 기한을 다해 텅 비어버린 육체, 죽음으로 건너가지 못한 육체는 오직 역겨운 환상만으로 자신을 유지할 수 있을 것이다. 이제야 그 마음을 이해할 수 있을 것 같다. 죽음을 흉내 내기로 한 할아버지의 처연한 무언극을.

아버지는 두 번째 곤경에 빠졌다. 먹지도, 말하지도 않고 눈을 감은 할아버지는 땅에 묻어달라는 시위를 벌였지만 산 채로 묻을 순 없는 노릇이다. 앙상한 갈비뼈 아래로 명백히 산 자의 숨결이 오르내리는 부친을 어쩌지 못하고 아버지는 애원했다. "한 마디만 하세요." "한 입만 잡숴보세요." 사람들이 멈춰버린 시간의 문 앞에서 각자의 방식으로 두들겨댈 때 아버지는 할아버지의 침대 옆을 떠나지 못했다.

자신의 생애보다 길어진 임종을 치르는 동안

할아버지는 죽음의 대가大家가 되어 있었다. 아무리 시체를 흉내 내도 관 속에 들어갈 수 없게 되자 할아버지는 두 번째 시도를 했다. 자신의 사후 세계를 지어내기 시작한 것이다.

"비밀을 하나 말해줄까."

반년 만에 입을 연 할아버지의 목소리에는 이상하게도 뽐내는 듯한, 오만한 느낌이 섞여 있었다.

"우리는 이미 모두 죽었다. 시간이 멈춘 게 아니라 인간이 몰살당한 거라고. 생각해봐라. 만물이 영생한다는 것은 말도 안 되는 소리다. 모두가 죽었기 때문에 시간이 흐르지 않는 편이 훨씬 이치에 닿는 소리지. 다들 죽었는데 아무도 진실을 모르고 있는 거야."

나는 멀뚱히 아버지를 쳐다보았다. 아버지는 할아버지가 죽는 시늉을 중단한 것만으로도 기쁜 표정을 지었지만 뭐라고 대꾸해야 할지 모르는 것 같았다. 그래서 내가 장단을 맞춰주기로 했다.

"그럼 저는요? 저도 죽은 건가요."

"안타깝지만, 그렇단다. 살아남은 건 나 하나야."

몇 달이나 곡기를 끊었는데 할아버지의 목소리는 외려 쩌렁쩌렁해지고 힘이 넘쳤다.

"무슨 영문인지 모르지만 세상에 종말이 온 거야. 조용히 죽음을 기다리던 나 혼자 내버려두고 온 세상이 사라져버린 것이지. 그가 말해주었다. 부도덕하고 폭력으로 가득 찬 이 세계는 버릴 수밖에 없다고, 오랫동안 청소를 하지 않은 집은 치우기보다 이사를 가는 편이 낫다고 말이다. 인간은 텅 빈 집에 창궐하는 개미나 바퀴벌레 같은 존재가 돼버렸는데 아무도 그 사실을 모른다니 안타깝구나."

"그가 누군데요? 누가 그런 말들을 할아버지에게 해줘요?"

"당연히 신이지."

이 없는 잇몸을 드러내며 히죽대는 노인의 웃음은 음산하기 짝이 없었다. 모두가 죽은 가운데 자신만 살아남았다는 발상. 백 년을 지나면서 나는 이런 류의 망상에 빠진 사람들을 수도 없이 만나게 될 것이다. 자신만이 특별한 존재라고 믿는 사람들은 전 인류를 삭제하고도 아무런 가책을 느끼지 않는다. 이 가설이 진부하다는 것을 깨닫게 되기까지 나는 한참 더 정지된 세계를 통과해야 할 것이다.

인간들의 망상이 서로 닮아 있다는 사실에 나는 항상 경이로움과 슬픔을 느낀다. 기억과 환상이 뒤섞이고 경험과 망각이 나를 차지하기 위해 싸우는 동안 바래지 않은 조각이라고는 그녀뿐이다. 백 년의 인간들은 스스로 신이 되기에 바빠 옆에서 진짜 신이 걸어 다니는 것을 알지 못했다. 무관심하고 무력한 신들이 도처에서 돌아다니고 있는데도 말이다. 나의 이슬라처럼.

이슬라, 이제 너의 이름을 불러본다.

거울 속의 내 얼굴이 사후를 창조하던 할아버지의 얼굴만큼이나 늙어 있으니까.

참으로 이상한 일이지. 네가 선사해준 미래를 밟아 여기까지 왔고 마침내 죽음을 목전에 두고 있는데 기억은 자꾸 열다섯으로 뒷걸음질 치니 말이야.

너의 진짜 이름은 알 수 없다. 신에게는 이름이

없으니까. 인간들이 붙여준 별명 따위가 이름의
자리를 대체할 수 없을 것이다.

'죽음을 낳는 자궁'

너를 칭하는 말들은 대체로 그런 것이다. 네가
죽음을 낳아주기 전까지 아무도 죽을 수 없으니
틀린 표현은 아니다. 개미조차도, 우산 갓이 다
날아가 텅 빈 민들레조차도 네가 허락하기 전까
지 죽음을 누릴 수 없다.

네가 죽음을 낳아주어야 생명은 생명이라 불릴
수 있다. 네가 출산을 중단한 다음에서야 비로소
인간은 죽음과 생명의 관계를 자기 일로 받아들
일 수 있었다. 삶이 이어지는 동안 매 순간 죽음
을 떠올릴 인간이 얼마나 될까? 대부분의 인간은
자기가 죽는다는 사실을 개념으로만 받아들일 뿐
진짜로 받아들이지 않는다.

백 년의 인간들은 달랐다. 백 년 동안 십만 권
의 책을 읽은 사람도 있고, 나라와 직업과 가족과
성별을 바꾼 사람도 있고, 줄곧 여행을 다닌 사람
도 있지만 모두의 결론은 하나다. 죽음이 없는 곳
에서 인간은 유령에 불과하다는 것. 죽음이 있기

에 역순으로 삶의 의미가 생겨났고 '목숨을 걸고 해야만 하는 일' 같은 커다란 꿈을 품게 된다. 가장 굵은 나이테로 내 몸에 남아 있는 열다섯이 그렇게 알려주었다.

그 여름 나는 장마 후의 수목처럼 쑥쑥 자라고 있었다. 길어진 팔다리에 가느다란 몸통. 사춘기의 불완전한 신체 속에 담긴 내 영혼은 액체처럼 유동하고 있었다.

우리에게 진정으로 충격적인 사건은 동결된 백 년이 아니라 그 후에 시간이 다시 흘렀다는 것이다. 그걸 알았다면 백 년을 지혜롭게 썼을 텐데 대부분 '이게 진짜야?' 하는 마음으로 탕진하면서 세월을 보낸 것이다. 부메랑처럼 되돌아온 시간의 역습, 백 년간 저질러놓은 수많은 일들…… 그 직후 대규모의 자살자가 속출한 것은 어찌 보면 자연스러운 일이다. 죽을 수 있게 되자마자 허겁지겁 목숨을 끊은 사람들은 사는 일에 진저리가 난 것 못지않게 자기 행적에 짓눌려 있던 사람들이다. 그다음의 시간은 얼마나 쏜살같이 지나가버렸는가? 이미 영생의 나태에 길들여져 있는데 일 년이 다시 일 년처럼 흘러버리면 시차를 제대로 감당할 위인이 몇이나 되겠느냔 말이다.

하지만 이 놀라운 사건 역시 잊힐 날이 올 것이다. 백 년의 인간들이 전부 죽고 그 위로 두꺼운 시간의 퇴적층이 쌓이면 모든 것이 망각의 늪 속으로 빠져들 것이다. 한 세기 정도야 세월의 원근법을 당해낼 수 없고 백 년의 인간들 모두 소실점 너머 사라지는 날이 올 것이다. 그렇게 생각하면 슬프면서 안도감이 든다. 만물이 소멸의 질서 속에 놓여 있다는 것은 얼마나 자비로운 일인지.

전처가 나를 보러 왔다.

나는 두 가지로 놀랐다. 그녀가 온 것, 그토록 오랜 시간이 흘렀음에도 우리 사이에 녹지 않은 증오가 있다는 것. 아내는 딸의 강권 때문에 마지못해 끌려왔음을 구태여 숨기지 않았다.

"세상에, 이게 다 무슨 난리래요?"

아내는 병실 문턱에서 활짝 웃는다. 나이가 들수록 살이 붙는 아내는 좀처럼 늙지 않았다. 검정

색 투피스 차림이라 내 장례식에 가장 먼저 도착한 조문객처럼 보이기도 했다.

"너무 애쓰지 말아요."

그녀가 손을 잡더니 귀에 대고 이렇게 속삭였다. 살려고 애쓰지 말라고. 어서 죽어서 자기가 버티고 있는 이 세상에서 나가달라고. 그렇게 말하려는 것이다.

내 인생의 수수께끼가 저 미소 안에 들어 있다. 그녀와 나는 음모에 걸려든 사람처럼 결혼했다. 결혼 전부터 우리에게는 각자 대체할 수 없는 연인이 있었다. 그런데도 딸이 생겨났고 인질극에 굴복하듯 부부가 되었다.

우리는 삶에 대한 실망을 서로를 증오하는 것으로 대체했다. 이것이 결혼의 본질이다. 정열이라고는 상대에 대한 미움밖에 없는데도 자식이 하나 더 태어났다. 아들이 오토바이 사고로 죽었을 때 성년의 딸은 이미 독립한 후였다. 우리는 그제야 갈라설 수 있었다.

"유언장은? 니 아비라는 작자가 일처리는 똑똑히 해뒀나 모르겠다."

아직도 날 미워하다니 사랑받는 것만큼 황송한 일이다. 살아 있는 내 앞에서 죽음 이후의 '사무'를 보려드는 나의 전처. '니 아비라는 작자.' 그녀는 한사코 이 호칭만 사용했다. 자식의 생물학적 아버지라는 것 말고 내 존재는 아무 의미도 없다는 듯이.

딸이 난처한 미소를 지으며 '죄송해요'라고 입모양으로 사과한다. 불화한 부모 밑에서 뜻밖에 잘 자라준 딸. 그 애의 유일한 단점은 끝없이 사과하는 버릇이다. 우리가 안겨준 굴종의 유산을 볼 때마다 모두를 지우고 싶은 충동이 든다. 그런 생각을 하고 있는데 등 뒤에서 비웃는 소리가 들려온다.

"웃기고 있네."

소리가 나는 쪽을 보니 죽은 아들이다. 중환자실에서 의식 없는 며칠을 보낸 이후 저 유령이 보이기 시작했다. 아들은 손을 들어 납작한 두 개의 돌을 보여주었다.

"그 돌은 뭐냐."

"아버지가 시체가 되면 감은 눈 위에 올려드리

려고요. 그 차가운 눈빛으로 다시는 누구를 쏘아
볼 수 없도록, 눈꺼풀을 들지 못하도록 만들어 드
리죠."

아들은 제 어미만큼이나 나를 미워한다. 나 때
문에 이렇게 됐다고, 숨 막히고 주눅 든 채 살다
가 거리로 내몰렸다고 말이다.

"그건 사고였다."

"하지만 집 밖으로 나를 떠민 건 아버지였어
요."

"나는 네 나이에 백 년을 살았어."

"그 얘긴 지겨워요. 죽어서도 편치 못한 내 꼴
을 보시라고요. 살아 있는 어머니가 부럽네요. 아
버지를 마음껏 미워할 수 있어서."

"쉬게 해다오."

"곧 영원히 쉬실 텐데요."

죽은 아들은 등에처럼 물어뜯으며 괴롭힌다.
외면하고 돌아눕자 내 몸을 타고 올라앉아 목을
조르기 시작한다. 가위에 눌릴 때마다 반복되는
악몽. 열다섯에 죽은 아들의 얼굴이 내 얼굴로 변
하는 악몽. 나는 나에게 목을 졸린다. 입을 벌리

지만 비명은 소리가 되어 밖으로 나오지 않는다.

"아버지, 아버지!"

딸이 흔들어 깨우면서 가위눌림에서 빠져나올 수 있었다. 죽으면 이 지긋지긋한 반복도 끝이 나겠지. 모든 것이 죄의식이 빚어낸 허상이라는 것을 알지만 악몽에서 놓여날 수가 없다.

열다섯에 꿈꾼 미래에는 이런 장면이 들어 있지 않았다. 내가 원한 건 죽음이 아니라 그로 인해 얻어질 성장과 미래였다. 스무 살은 넘겨보고 싶었다. 어른이 되고 싶었다. 나이를 먹고 싶었다. 삶을 얻으려면 죽음이 필요했다. 그래서 바란 것뿐인데.

열다섯의 나.

나는 물고기 섬에 있었다.

2장
물고기 섬

마을은 작은 오아시스를 끼고 있는 오래된 관광지다.

일주일에 한 번씩 버스가 섰다. 모래 먼지가 환영 인사처럼 이방인에게 들러붙는다. 오십 년에 한 번꼴로 비가 내리는 마을에서 먼지는 빛이나 공기처럼 어디에나 달라붙는 것이다.

마을이 유일하게 생기를 띠는 순간은 버스에서 여행자가 내릴 때뿐이다. 나를 비롯한 한 무리의 꼬마들이 그를 에워싼다. 구걸은 우리의 취미지만 어떨 때는 생계의 전부가 된다. 대추야자마저 말라버리는 혹독한 가뭄의 시기에는 더욱 그렇다.

마음 착한 여행자가 일 달러씩 나눠주며 우리에게 묻는다.

"물고기 섬은 어느 쪽이니?"

그러면 우리의 손가락은 끝없이 선으로 이루어진 사막을 가리킬 것이다.

여행자의 목에는 카메라가 걸려 있다. 수년 전 문화유산으로 지정될 때만 해도 우리는 이런 변화를 예상하지 못했다. 그러다 광고 촬영지로 이름이 알려지면서 사진가들이 찾는 명소가 되었다.

'물고기 섬'은 마을 뒤쪽 사막 복판에 물고기 모양으로 솟은 땅이다. 일 년에 겨우 일 밀리미터씩 자라는 선인장들이 몇 미터씩 뻗어 있는 오래된 지형으로 전체 크기는 크지 않다. 황무지 한가운데 느닷없이 솟아난 선인장의 모습은 일몰에 특히 아름다웠다.

'원래는 이 주변이 전부 바다였대요. 이곳만 물 위로 솟은 섬이었고요. 그런데 신의 노여움을 사서 바다가 말라버렸고 땅이 사막이 되어버린 거래요. 이곳은 사막이기도 하고 염전이기도 해요. 바다였던 곳이니까 돌멩이에도 소금이 묻어 있

죠. 잘 찾아보면 화석도 발견할 수 있어요.'

나는 연습한 말들을 속으로 읊어본다. 영어와 우리말로 대충 꿰맨 문장이라 한 번도 이 말을 입 밖에 낸 적이 없다.

나는 여행자에게서 눈을 뗄 수 없다. 낯선 옷과 배낭, 어딘가에 들어 있을 비행기 티켓. 나도 그들처럼 되고 싶다. 아버지의 책들에 나오는 지명 속을 실제로 걸어보고 싶다. 사막 바깥으로 나가고 싶다.

내 기억 속에 비가 오는 풍경은 단 한 번뿐이다.

여덟 살 봄, 전에 없이 검은 구름이 몰려와 하늘이 어두워진 날이었다. 빗방울이 후두둑 쏟아지자 다들 그릇을 들고 거리로 뛰쳐나왔다. 빗물을 모으기 위해 애쓰는 어른들 사이로 아이들이 춤을 추며 뛰어다녔다. 하늘에 구불구불한 번개 뱀들이 번쩍거렸고 뒤이어 장대비가 쏟아져 내렸다.

사흘간 계속된 비는 축복이 아니라 재앙이었다. 폭우를 염두에 두고 지어진 적 없는 허술한

건물들이 삽시간에 무너졌다. 아버지를 따라나섰
을 때 어머니는 동생에게 젖을 먹이고 누나는 빨
래를 개고 있었다. 그것이 마지막 모습이었다. 손
써볼 도리도 없이 벌어진 참극은 우리 집만 덮친
것이 아니었다. 비가 그치자 장례식이 줄줄이 이
어졌으니까.

수습조차 못 한 시신이 한데 모이고 합동 장례
식이 벌어졌다. 기도 소리에 사람들의 흐느낌이
섞여 들었다. 코딱지만 한 동네에서 이렇다 할 죄
도 짓지 않은 사람들이 저마다 가슴을 치며 회개
하지 못해 안달이었다. 단 한 번의 폭우로 나는
불신자가 되었다.

아버지는 굴하지 않았다. 새 집을 지을 것이라
고, 더 단단하고 작게 지을 것이라고 선언했다.
하지만 아무리 열심히 일해도 돈은 더디 모였고
벽돌을 살 때마다 조금씩 올리는 집은 완성될 기
미가 보이지 않았다. 천막에 살면서 중노동에 몰
두하는 아버지는 어쩌면 집보다 몰두할 일이 더
필요했는지도 모른다.

몇 년에 걸쳐 마침내 집이 완성되자 삼촌의 집에서 기거하던 할아버지가 돌아왔다. 아버지는 양들을 팔아 세간을 마련했다. 새 침대와 탁자, 탁자 위에 매단 선반이 전부였지만 들어간 노동과 시간을 헤아리면 작지 않은 성취였다. 선반에는 책들과 함께 과자가 든 단지가 놓였다.

나의 관심은 온통 과자 단지에 쏠려 있었다. 무뚝뚝한 아버지가 내게 애정을 표현하는 유일한 순간이 단지가 열릴 때뿐이었으니까. 칭찬할 일이 생기면 아버지는 말 대신 과자를 꺼내 주었다. 계피향이 도는 과자를 깨물어 먹으면 조용한 기쁨이 몰려왔다. 설탕 과자는 속수무책으로 엄마를 떠올리게 했다. 달콤한 기쁨은 달콤한 슬픔과 한 몸이어서 나는 과자를 문 채 자주 울었다.

글자를 읽을 수 있게 되자 내 관심사는 과자 단지 옆으로 옮겨 갔다. 아버지가 조금씩 사 모은 책들은 열 권도 되지 않았지만 바깥 세계를 보여 주는 창문과도 같았다.

"이것 봐라. 지구 어딘가에 히말라야라는 설산이 있다는구나. 설산이 뭐냐 하면 눈이 하얗게 덮여 있는 곳이다."

아버지는 '히말라야'라는 말을 '코란'이나 '알라'처럼 경건하게 발음했다. 언제부터인가 아버지는 여행서를 모으기 시작했다. 여행자에게 식사를 대접한 후 가이드북을 얻기도 했고, 도시에 나가는 사람에게 부탁해 책을 구하기도 했다. 아버지는 지명을 손으로 짚어가며 읽고 발음해보았다.

나는 심심할 때마다 의자를 놓고 그 위에 올라가 아버지의 책들을 꺼냈다. 우표만 한 사진이라도 샅샅이 보고 또 보았다. 선반은 높고 나는 작아서 의자에 올라가서도 까치발을 해야 했다. 발끝은 여전히 사막 동네에 있지만 손끝에는 전 세계가 닿았다. 신전, 폭포, 피라미드와 아마존, 대도시, 첨탑…… 모든 것이 만져졌다.

책들은 사막 너머에서 흔들리는 불빛이었다. 밖에는 진짜 세상이 있을 것이다. 그리고 그 세계는 아주 거대할 것이다. 나는 경험하지 않은 세계가 그리워 눈물이 날 지경이었다.

물고기 섬이 내려다보이는 언덕에 호텔이 세워지면서 마을의 평화는 서서히 금이 가고 있었다.

여행객 한두 명이 올 때까지만 해도 우리는 여전히 양을 치고 농사를 지었으며 이따금 관광객의 푼돈을 얻어냈을 뿐이다. 그러나 크고 하얀 건물이 지어지자 사정은 달라졌다. 그 건물은 얼마나 자주 회칠을 하는지 모스크보다 더 신전처럼 보일 지경이었다. 안에는 빛나는 유리, 수영장, 식기들과 조명이 있었고 세련된 옷을 입은 부유한 외국인들이 드나들었다.

호텔에 고용된 사람들이 소문을 실어 날랐다. 샴페인이 떠다니고 달러가 쏟아져 나오는 그곳에서는 모든 것이 풍요롭다고, 그들에 비해 우리의 삶은 땅바닥을 기어 다니는 도마뱀이나 다를 것 없다고 했다.

동네 아이들의 꿈은 저 호텔의 '보이'가 되는 것이었다. 아버지처럼 양을 치거나 농사를 짓고 싶지 않은 아이들은 다른 미래를 꿈꿨다. 영어를 배우고 현대적인 옷을 입고 싶었다. 그러려면 이 마을을 탈출해야 한다.

"할아버지가 돌아가시면 그땐 떠나자."

아버지는 이렇게 약속했다. 사춘기인 아들의 속을 훤히 안다는 말투였다. 어릴 때부터 줄곧 외톨이인 나—어머니의 손길이 닿지 않아 지저분하고 외골수인 주제에 꿈만 거대하게 키워나가는 몽상가—는 마음 맞는 친구 하나 찾지 못한 채 겉돌았다. 조용하고 예의 바르지만 외톨이라는 것이 나의 평판이었다. 나는 외로움이라는 단어를 알기 전부터 그 단어에 속해 있었다. 아버지도 할아버지도 마찬가지다.

잠이 오지 않는 밤이면 아버지는 술을, 나는 우유를 한 잔 놓고 미래에 대한 이야기를 주고받았다. 아버지는 이곳을 떠난 다른 삶을 들려준다. 도시로 나간 아버지는 운전을 배운다. 택시를 모는 사람이 되어 좌석에 손님을 태우고 길의 구석구석을 누빈다. 나는 학교에 가서 시골에서는 가르쳐주지 않은 것들을 배운다. 예쁜 여자 친구도 생길 것이다. 길어진 밤에 아버지는 두 번째 잔을 채우고 우유를 다 마신 나는 침대로 돌아가 꿈을 청했다. 꿈속의 나는 훨씬 더 자유롭다.

그런데 할아버지가 저렇게 된 것이다.

꼴딱꼴딱하면서도 숨이 넘어가지 않는 노인, 진저리가 날 만큼 집요하게 살아 있는 노인이 문제의 전부라고 생각한 날도 있었다. 나는 아무에게도 말할 수 없는 소망을 품고 할아버지의 죽음을 기도했다. 하지만 도처에서 들려오는 소식은 점점 혼란스러운 것으로 변했다.

"할아버지만 문제가 아니야. 넷째 숙모도 아이를 낳지 못하고 있대. 배는 더 커지지도 않고 아이는 여전히 배 속에서 잘 놀고 있는데 말이야."

가엾은 숙모는 미쳐버리기 직전이라고 했다. 배를 가르고 아이를 끄집어내고 싶을 만큼 이 상태가 무섭다고 했다. 태어나지 않는 아이는 죽지 않는 노인만큼이나 기괴한 존재였다. 백 년간 배 속에 아이를 넣고 다닌 숙모도 할아버지 못지않게 불쌍하다. 배 속에 있던 사촌 동생은 불쌍하지 않다. 자기가 태어날 세상을 고르기라도 하듯 나오지 않은 셈이니까. 완벽하게 보호받으면서 말이다.

"벌레도 죽지 않고 여름 꽃도 지지 않고 있다.

뭔가 단단히 잘못됐어."

사람들이 수군대는 동안 절기는 바뀌지 않았다. 바뀌는 것이라고는 시계와 달력뿐이다. 무용지물 취급을 받기도 했지만 요지부동의 시간에 금을 그을 수 있는 것은 여전히 시계와 달력뿐이니 버려지지는 않는다. 하지만 달력을 쳐다보는 것은 모래에 금을 긋는 것처럼 부질없는 일이다.

사람들은 처음에 이 현상을 모르는 체했다. 대부분 관성대로 하던 일들을 이어나갔다. 우리 아버지도 마찬가지였다. '이상한 일이 벌어지고 있지만 사람은 사람다워야 한다'는 것이 그의 신조다. 아버지는 여전히 가축을 돌보고 저녁에는 남자 어른들이 모이는 카페에 가서 물담배에 불을 붙였다. 어른들은 담배를 피워대며 뉴스와 의견을 나눴다. 자연에 밀착한 지역일수록 동요가 적기 때문에 사막에 고립된 우리 마을은 비교적 오랫동안 겉모습을 유지한 것 같다.

그러나 길어진 여름방학 같은 시간 동안 사람들은 조금씩 이 상태에 발을 적시기 시작했다. 하던 일을 하나씩 빼먹고, 그래도 달라지는 것이 없음을 확인하면서 점점 게을러지고, 그러다가 원래의 일상에서 완전히 발을 빼는 도미노가 시작된 것이다. 밭에 물을 주지 않던 농부는 어제와 똑같은 작물의 상태에 안도했다. 그리고 더 이상 밭에 가지 않는다. 이런 식으로 소속된 세계의 일, 작업, 학교, 공부 등에서 빠져나가도 달라지는 것이 없자 사람들은 다른 곳을 배회하기 시작했다.

오래가지 않아 제자리에 남아 있는 것은 아무것도 없었다. 각자의 일상에서 은밀하게 해본 실험들이 한결같이 '시간이 흐르지 않는다'는 사실을 확인해준 이후 전과 똑같은 '의무'를 이행할 사람은 별로 없을 것이다.

나는 갑자기 넓어진 운동장처럼 주체할 수 없는 시간을 누비느라 정신이 없었다. 마지막으로 학교에 간 것이 언제였는지 기억이 나지 않을 정도다. 10대에게 '학교를 쉰다'는 생각만큼 전염성이 강한 유혹은 없기 때문에 학교는 공공기관 중에 가장 먼저 초토화된 공간이었다. 어른들의 잔소리가 줄어든 틈을 타서 아이들은 삼삼오오 몰려다니며 마을 안팎을 탐사했다.

문 닫은 호텔이 우리의 두 번째 학교였다. 이곳에서 그동안 배우지 않은 새로운 과목을 배웠다. 도둑질, 방화, 흡연과 음주, 아무 데나 쓰레기를 버리고 용변을 보는 것 등등. 처음부터 그럴 생각은 아니었다. 우리는 발끝을 세우고 조심스럽게 호텔 복도를 돌아다녔다. 기다란 만찬용 식탁에도 앉아보고 발코니에 놓인 야외 욕조에 발을 담가 보기도 했다. 술과 잔을 꺼내 어른 흉내를 내며 건배하기도 했다. 주인이 비운 성에서 주인을 흉내 내는 방탕한 하인들처럼 역할 놀이를 하는 것만으로도 충분히 즐거웠다.

그러다 부주의한 누군가가 유리 화병을 깨뜨렸다. 화병이 깨진 것은 하나의 신호처럼 작용했다. 흔적을 치우는 과정에서 우리 중 하나가 은으로 된 티스푼 하나를 슬쩍했다. 도둑질은 금방 유행이 되었다. 호텔 로고가 수놓아진 타월, 앙증맞은 용기 안에 담긴 샴푸와 바디클렌저, 광택이 나는 필기구…… 처음에는 작은 것들이었다. 없어져도 호텔의 겉모습을 크게 바꾸지 않는 기념품에 불과했다.

　그러나 용인된 작은 도둑질은 점차 대담함을 불러왔다. 묵직한 식기들이 사라지고 소파에 놓인 쿠션들이 어디론가 가버렸다. 뚜껑이 열리자 모두들 경쟁적으로 도둑질에 달려들었다. 호텔은 공식적인 노략질의 대상이었고, 열린 빗장 안에 들어 있던 모든 사물이 밖으로 빨려 나갔다. 기름진 사슴 한 마리가 굶주린 육식동물 사이에 떨어진 꼴이었다.

　어른들까지 이 새로운 놀이에 가담했다. 아이들을 잡으러 온 부모들은 이내 자식들과 힘을 합쳐 가구를 들고 집으로 돌아가는 일이 종종 벌어졌다. 깨진 유리창과 활짝 열린 정문이 충동을 부추겼다. 그곳은 일종의 공유지였다. 다들 조바심을 내면서 남들이 가져가기 전에 스푼 하나, 접시 하나라도 더 챙기려고 안달이 났다.

　공권력은 막는 시늉을 했으나 오래가지 않았다. 사실 '공적인 것'과 '권력' 두 가지 모두 급속도로 힘을 잃고 있었다. 아무리 많은 사람들을 잡아 가두어도 약탈이나 방화를 막을 수 없었다.

'호텔 습격'이 이어지는 동안에도 그나마 마을은 겉모습을 유지하고 있었다. 이때까지만 해도 약탈지는 이곳 하나로 한정되어 있었기 때문이다. 그러나 사람들의 야성은 호텔이 폐허로 변한 다음에도 여전히 기세등등했다. 무질서는 고조되었다. 무언가 건수를 찾아 배회하는 무리가 생겨났고 그중 몇 명은 술에 취해 싸우거나 욕설을 했다. 적은 수의 경찰로는 막을 도리가 없었다. 사실을 말하자면 그들조차 같은 충동에 굴복하기 일쑤였다.

어른 아이 할 것 없이 호텔의 냅킨 한 조각까지 훔쳐가고 있을 때 아버지는 다른 일에 골몰해 있었다. 그즈음 아버지는 밤마다 외출을 해서 새벽에야 이슬에 젖어 돌아왔다. 두꺼운 작업복 차림에 장갑을 끼고 있었다. 아버지가 인상을 찌푸린 채 손에서 뭔가를 빼내고 있을 때까지만 해도 그가 무슨 짓을 하고 돌아다니는지 몰랐다.

"그게 뭐예요?"

"가시."

대화는 거기에서 끝났다. 새로운 상황에 열중

하느라 나는 아버지에게 관심이 없었고 아버지도 내가 무슨 짓을 하고 돌아다니는지 상관하지 않았다.

할아버지가 신과 대화하고 있을 때, 내가 호텔의 이니셜이 새겨진 전리품을 수집하고 있을 때, 우리 아버지는 서서히 미쳐가고 있었다. 습관과 광기 중 어느 것이 백 년의 인간을 차지하겠는가? 당연히 후자다.

오래전 아버지는 마을의 전설을 들려주곤 했다. 마을 꼬마들이라면 누구나 알고 있는 이 이야기는 탈출한 왕자에게서 시작된다.

"포로로 잡혔다가 겨우 도망쳐 온 왕자가 사막을 헤매고 있었단다. 오아시스의 신기루를 본 왕자가 이 부근에서 쓰러졌지. 신기루가 사라지고 왕자는 물을 마시지 못해 죽기 직전이었다. 그때 선인장 하나가 눈에 띈 거야. 왕자는 가시에 찔리는 것도 아랑곳하지 않고 선인장을 잘라 그 즙을 마셨다. 그렇게 죽음의 고비를 넘긴 것이다.

다음 날 선인장은 잘린 크기만큼 자라났고 왕자는 선인장 즙을 또 마셨지. 그렇게 아홉 밤이 지나는 꿈을 꾸었다. 선인장이 아름다운 여인으로 변해 왕자를 돌보고 있었던 거다. 꿈에서 깨어났을 때 그녀는 여전히 그의 품속에 있었다. 여인이 알려준 자리에 샘이 솟았고, 그게 바로 우리 마을의 오아시스란다."

"왕자는 어떻게 되었나요?"

"저곳에 묻혀 있지. 죽고 나서 선인장으로 변한 거야. 그러니까 물고기 섬에서 자라는 선인장들은 선조들이 변한 것이란다. 그러니 잘 보존하고 지켜야만 하는 거야."

나는 산타클로스를 믿은 기간만큼 이 전설을 믿었다. 그래서 아버지가 그런 짓을 저질렀으리라고는 상상도 하지 못했다.

해먹에 누운 채 그즈음 맛을 들인 담배를 피우고 있을 때였다. 한 무리의 사람들이 피투성이가 된 사내를 윽박지르며 언덕을 내려왔다. 소동은 흔한 일이기에 나는 다시 끽연에 몰두했다. 그런데 비명 속에서 익숙한 목소리가 들려왔다.

두들겨 맞는 사람은 우리 아버지였다. 반사적

으로 어른들의 팔에 매달렸으나 흥분한 사람들을 당해낼 수 없었다.

"왜 이러는 거예요?"

"네 아버지가 선인장을 잘랐다!"

물고기 섬에 있는 선인장들은 마을의 상징이다. 우리들의 선조이고 오랫동안 달러를 벌어오는 관광상품이기도 하다. 무엇보다 선인장 하나가 이 미터 정도 자라기까지 수백 년의 시간이 필요했다. 그런데 그런 선인장을 아버지가 닥치는 대로 베어내다 들켰다는 것이다. 분개한 사람들이 광장으로 아버지를 끌고 갔다.

몰려든 인파로 인해 아버지는 공개재판과 비슷한 상황에 처했다. 탈진한 그가 정신을 수습하자 이맘은 왜 선인장을 훼손했냐고 심문했다.

"즙이…… 필요해서요."

한참 후에야 내가 감당하기 어려운 자백들이 쏟아져 나왔다.

아버지는 그간 할아버지를 죽이기 위해 여러 가지 시도를 해왔다는 것이다. 독약을 먹였고 물 속에 집어넣은 적도 있다. 욕조에서 동맥을 긋거나 끈으로 목을 조른 적도 있다. 밥은 고사하고 물한 방울 주지 않은 지 몇 달이 지났다. 이 시도들은 전부 할아버지 자신이 요구한 것이기도 했다.

아버지는 할아버지의 끊임없는 부탁—자신을 죽여야 세상이 완전해진다는 것—을 반복해 듣다가 마침내 원하는 대로 해주었다는 것이다. 내가 집 밖을 떠도는 동안 두 사람은 2인 1조처럼 죽고 죽이기 위한 갖은 방법을 시도했던 것이다. 고문과 흡사한 일을 저지르는 동안 아버지의 이성은 완전히 파괴당했다.

피투성이가 되어 고문을 당하는 동안 할아버지는 백 년 동안 일어날 일들을 예언하기 시작했다.

"죽음을 두려워하지 않는 인간은 야수로 변해 폭력과 타락을 불러온다. 현재의 불완전한 영생이 지옥으로 바뀌기 전에 가진 것을 완전히 불살라버려야 한다. 큰불 뒤에 오는 세상에서는 죽은 자들이 살아나 후손들과 기쁨을 누릴 것이다. 그러기 위해서는 순교자가 필요하다. 죽지 않는 자들 가운데 죽는 자가 나와야 순리가 돌아온다."

신과 통할 수 있는 할아버지의 고귀한 죽음만

이 모든 일을 바로잡을 수 있다는 것이다. 세뇌당한 아버지는 명령에 복종했다. 선인장을 잘라 즙을 마시면 할아버지가 고대하던 죽음이 올 것이다. 선인장 안에 고여 있는 시간들. 그 시간들을 마시면 할아버지는 이 정지된 세계에서 최초로 죽음의 문턱을 넘어갈 수 있다. 그러면 세상은 다시 가동할 것이다―라고 아버지는 거듭 강조했다. 할아버지를 죽게 할 수 있는 독은 선인장 즙뿐이고, 할아버지가 죽으면 세상의 모든 죽음이 돌아와 순리를 되찾는다는 것이다.

이맘이 답답하다는 듯이 할아버지는 선인장 즙을 먹고도 여전히 살아 계시지 않냐고 묻자 확신에 찬 대답이 돌아왔다.

"더 많이 마셔야 해요."

미치광이의 헛소리를 들은 사람들은 모두 똑같이 생각했을 것이다. 풀어주면 또다시 선인장을 훼손할 것이다. 아버지는 흥분한 군중의 손에 넘겨져 흠씬 두들겨 맞은 다음 허름한 창고에 갇혔다.

고향을 떠나오던 날의 기억은 언저리에만 가도 몸이 움츠러든다.

아버지가 신성한 선인장을 훼손한 것은 사실이다. 작지 않은 잘못이다. 그런데 그다음에 벌어진 일을 생각하면 죄와 벌은 공평하지 않다. 형벌은 죄가 있는 자리보다 훨씬 다른 자리에서, 다른 용도로 정해졌다.

아버지는 미쳤다. 할아버지가 먼저 미쳤고 그 영향을 받아 아버지도 잘못을 저질렀다. 그렇다고 미친 사람에게는 미친 짓을 얼마든지 해도 되는 것일까?

스스로를 자경단원이라 칭한 일시적인 폭도들은 호텔을 털고 길에서 드잡이질을 벌이고 노략질에 맛을 들였다. 전에 농부이거나 양치기라거나 교사였다거나 작은 가게를 운영했다는 사실은 중요하지 않다. 그들은 멈춰버린 시간이 불러낸 낯선 사람들이었다. 숫자가 불어날수록 죄책감을 나눠 갖기 때문인지 그들의 공격성은 줄어드는 법이 없었다.

선인장이 훼손된 사건이 신성모독의 느낌을 불

러일으킨 것은 사실이다. 그 벌이 마을 전체에 쏟아질 것이라는 근거 없는 공포가 사람들 사이에 번졌다. 공포의 근간에는 자신들이 저지른 짓거리에 대한 두려움이 숨겨져 있을지도 모른다. 이 시기에 붙잡힌 아버지는 모든 죄를 대표해 벌을 받아야 할 존재일 뿐이었다. 저녁마다 카페에서 아버지와 함께 물담배를 피우던 선량한 마을 어른들은 내가 본 최초의 고문자들이었다.

그들은 죽지 않는 아버지를 거꾸로 매달아 린치를 가하고, 불로 지지고, 칼로 이곳저곳을 긋고, 물 한 모금 주지 않아 오줌을 받아 먹게 했다. 공식적으로 인정받은 죄수가 생겨나자 광기는 활력을 얻었다. 호텔 대신 새로운 공격 대상이 나타난 셈이다.

그 야수들은 아버지에게 차마 할 수 없었던 실험을, 그러니까 생명을 놓고 어디까지 고문을 가해도 죽지 않는가 하는 실험을 했다. 아버지의 죄가 그들의 행동을 정당화했다. '이래도?' '이래도 죽지 않아?' 하는 마음으로 폭력의 강도는 높아졌다. 아버지를 괴롭히는 것이 마을 전체의 오락이 돼버렸다.

아버지는 심장을 파먹히는 프로메테우스와 같은 처지였다. 죽지 않는 그는 다음 날이면 다시 독수리들에게 물어 뜯겨야 했다. 한편으로 아버지는 역설적인 상황에 처해 있었다. 당사자의 부탁이라고는 하나 할아버지에게 가한 폭력—죽음을 실험하던 것—을 그대로 되돌려 받고 있으니 말이다. 아버지는 때때로 죽여달라고 애원했지만 그것은 자신도 할아버지에게 해줄 수 없던 일이다.

마을 전체가 폭도로 변한 것은 아니기에 적잖은 수의 사람들이 아버지를 동정했다. 그러나 자기에게 불똥이 튈까봐 나서는 사람이 없었다. 일주일, 열흘, 보름, 한 달이 넘도록 아버지는 고문자들의 손에서 놓여나지 못했다.

그런 상태에서 어떻게 탈출에 성공했는지 아직도 수수께끼다.

아버지는 온몸에 가시가 박힌 채로 물고기 섬에서 다시 발견되었다. 평생 길러온 양들의 배를 갈라 창자를 꺼낸 후 남아 있는 선인장 위에 크리스마스트리처럼 주렁주렁 걸어놓고 자신의 몸도 닥치는 대로 칼로 그어 낭자하게 피를 흘린 채였다.

아무도 감히 다가가지 못했다. 창자를 뺏겨 속이 텅 빈 채 살아 있는 양들도, 선인장에서 나는 이상한 피 냄새도, 너덜거리는 살점을 뜯으며 자기 파괴에 몰두한 아버지도 절대적인 방어막을 형성하고 있었으니까. 피 웅덩이 한복판에 웅크리고 앉은 아버지는 자식도 알아볼 수 없을 만큼 다른 사람이 되어 있었다.

할아버지는 스스로 창조한 사후 세계 속에, 아버지는 물고기 섬의 선인장 속에 갇혀버렸다. 나는 완전히 버려졌다. 그날 밤, 노란 장막 너머의 세계로 탈출하는 것 외에 더 나은 선택은 없어 보였다.

3장
사막의 술사

사막을 걸어가는 동안 몇 번이나 쓰러진 나는
길을 잃었다.

물 한 통 채우고 마른 빵 몇 개를 가방에 넣었
을 뿐 별다른 준비 없이 사막에 들어섰으니 얼마
가지 못해 쓰러지는 것은 당연한 수순이다.

그것은 내가 바란 것이기도 했다. 태양이 내 피
를 전부 말려버리기를 원했으니까. 할아버지와
아버지에게 흐르는 광기의 피가 내 속에도 흐르
고 있을 것이다. 이 저주받은 피가 뜨거운 태양
아래 살균되기를, 아니면 다 타서 없어지기를 나
는 원했다. 아버지의 끔찍한 모습을 잊으려면 내

자신의 고통으로 덮어야 했다. 모래에 발바닥이 벌겋게 익어갔지만 쉬지 않고 걸었다.

　오직 고통만을 구하는 나에게 사막은 제대로 응답해주었다. 타는 듯한 갈증이 솟구쳐 머릿속이 하얗게 변했다. 눈이 멀고 피가 말라가지만 그래도 죽지 않았다. 더위를 먹고 쓰러져도 다음 날이면 모래 속에서 눈이 떠졌다. 나 역시 할아버지와 아버지를 사로잡은 충동에 굴복해버린 것일까. 극단의 고통을 실험해보는 죽지 않는 인간. 입안 가득 모래를 문 채 백열의 미로를 바라보기만 거듭했다.

　목이 말랐다. 내 몸의 모든 세포가 물을 갈구하고 있었다.

　사막을 횡단하며 줄곧 나는 하나의 상태였다. 죽음에 거의 다 도달했다가…… 다시 풀려나는 상태. 거대한 거인이 손바닥 위에 나를 올려놓고 으스러뜨릴 듯 쥐어짜다 풀어주기를 반복하는 느낌이었다.

　이 상태의 좋은 점은 견딜 수 없는 모든 감정을 하나의 갈망으로, 오직 물을 원하는 마음으로 바꿔버린다는 것이다. 사막을 헤매면서 더 이상 죽음을 원하지 않게 되었다. 아버지가 제정신으로 돌아온다거나 할아버지가 죽기를 바라지도 않았다. 내가 원하는 것은 오로지 물이었다.

스스로에게 고통을 가하던 두 사람의 기분을 조금 알 것도 같았다. 의식이 점차 희미해진 이후 모래 속에 눈을 감으면 한편으로 편안한 마음이 든다. '그래, 이런 것이구나' 하는 안도감. 한없이 가라앉은 늪에서 마침내 발이 땅에 닿을 것 같은 평화.

오아시스가 보이는 신기루.

어머니와 누나와 동생이 나를 향해 웃는 모습.

두 개의 태양이 네 개로, 여덟 개로, 열두 개로 자꾸자꾸 늘어나는 하늘.

마침내 터져버린 태양이 한데 합쳐진 우주. 그 우주를 짜내 내 입술에 떨어지는 한 방울의 물.

꼭 한 방울의 물.

내 입술에는 거즈가 올려져 있었다. 축축했다. 물을 품고 있는 작은 린넨 조각. 세상에 그보다 대단한 것이 있을까. 손가락 하나 까딱할 수 없었지만 나는 있는 힘을 다해 그 물을 빨아 먹었다.

꿀꺽.

깊은 가시처럼, 수분이 내 목구멍 깊숙이 박힌다. 그리고 그 자리에 백배로 커진 갈망을 불러온다.

누군가가 거즈를 바꿔준다. 허겁지겁 빨아 먹는다. 물이 지나가는 자리마다 세포들이 깨어난다. 수분이 지나갈 때마다 캄캄한 복도에 불이 켜지는 것 같다. 핏줄 하나, 숨결 하나, 마침내 기침이 터졌다.

"깨어났어요!"

한 소녀가 누군가에게 말을 한다. 이번에는 컵이다. 컵 속에 담긴 미지근한 물이 내 입술에 닿았다. 말라붙은 식물의 뿌리가 물을 빨아들이듯 야성적인 힘이 솟구친다. 양동이 하나라도 거뜬하게 마실 수 있을 것 같다.

"많이 주지 마라."

냉정한 목소리가 명령한다. 그 목소리를 원망할 만큼 정신이 돌아왔다. 문득 눈이 떠진다.

시원한 그늘. 이곳은 실내다. 지붕이 보인다. 천으로 된 지붕. 옆에서 바람이 들어온다. 나무로 된 부채가 일으키는 바람이다. 어디선가 유칼립투스 냄새가 난다.

늙은 여자와 어린 여자가 나를 지켜보고 있었다.

늙은 여자는 너무 늙어서 오래된 가죽 같은 얼굴에 표정이 없다. 어린 여자는 한쪽 눈에 검은 안대를 하고 있다. 자세히 보려 했지만 찌를 듯한 두통 때문에 다시 눈을 감았다.

몸에는 여전히 기운이 없었다. 매캐한 냄새가 났고 어깨와 다리에 입술이 느껴졌다. 늙은 여자가 내 옷을 찢고 상처에 입을 대며 빨고 있었다. 깜짝 놀란 내 눈과 마주치자 여자아이가 알려준다.

"할머니가 널 치료하시는 거야. 할머니는 뛰어난 술사거든."

늙은 여자가 내 몸에서 입을 떼며 퉤! 하고 침을 뱉어낸다.

땅바닥에 뭔가가 떨어진다. 내가 독사에게 물리기라도 한 것일까? 하지만 바닥에 떨어진 것은 길고 뾰족한 모양을 하고 있다. 바늘처럼 보이는 가느다란 것들이 연거푸 바닥으로 떨어졌다. 술사의 얼굴에 땀방울이 송골송골 맺혔다.

"가시를 빼내는 거야."

검은 안대를 한 소녀는 속말을 알아듣는 사람처럼 이 상황을 설명해주었다. 수북이 쌓여가는 가시들을 보자 죽은 물고기가 된 느낌이었다. 물고기가 죽어 바싹 구워지고 누군가의 입속으로 들어가기 전에 뼈와 가시가 발리는 느낌이 이럴 것 같았다.

술사가 가시를 빼내는 동안 나는 환각에 시달렸다. 꿈속의 나는 붉은 개미만 먹는 도마뱀이었다. 태양이 뜨겁게 내리꽂히자 성기가 치솟아 대추야자나무로 변했다. 유치한 춘화 같은 풍경이 지나가고 만화경 같은 도형이 펼쳐졌다. 그 가운데 고통은 서서히 줄어들면서 열이 내리고 있었다. 술사가 빼낸 가시들이 청록색 나비로 바뀌어버리는 환각을 마지막으로 몸은 한결 개운해졌다.

한참 후 그녀는 내 몸에서 입을 떼고 담뱃대를 문 채 깊숙이 들이마셨다. 그러고는 상처가 난 자리마다 연기를 품었다. 강하고 자극적인 냄새에 콜록거리다 보니 구토가 밀려왔다. 옆으로 몸을 돌려 게워내고 있다 보니 기다란 침이 턱 아래로 늘어졌다.

"네 아비의 몸속에 박혀 있던 선인장 가시들이다. 너는 아비의 몸을 네 몸처럼 여기기 때문에 병이 난 거야."

술사는 벌어진 일을 모두 들여다본 사람처럼 말했다. 구역감이 가라앉은 자리에 눈물이 핑 돌았다. 하지만 수분이 다 빠져나간 탓인지 변변한 눈물조차 만들어내지 못했다. 다시 눈을 감았고, 여자아이의 말에 따르면 그 이후 나흘을 내리 잠들었다고 한다.

"아야."

이것이 소녀의 이름이었다. 나이는? 이라고 묻자 고개를 가로저었다. 나보다 한두 살 어린 것 같기도 하고 많은 것 같기도 하다.

"저분이 네 할머니야?"

"그냥 친구. 이탕카는 술사야. 모르는 게 없지."

"여긴 어디야? 술사라면, 너희는 부족 생활을 하는 거니?"

"우리 둘뿐이야. 너까지 이제 셋."

아야는 생글생글 웃는다. 차돌같이 단단한 뺨에 윤기가 돌고 두 갈래로 꼭꼭 땋은 머리 때문에 어느 책 속에서 본 인디언 소녀 같다. 그러나 가장 눈을 끄는 것은 검은 안대다. 천진한 얼굴과 대조되는 안대 때문에 소녀는 어딘가 거칠고 야성적인 느낌을 준다. 그러나 가리지 않고 활짝 열린 검은 눈은 부드럽고 환하다.

"눈은 왜 그래? 아 참, 이런 거 물어봐도 되나?"

"다친 거야. 너처럼."

우리는 밖으로 나왔다. 이탕카가 불을 피워 고기를 굽고 있었다.

"먹어라. 기운이 날 것이다."

이탕카는 꼬치에 꿴 고기를 건네주었다. 꼬리까지 달려 있는 도마뱀이다. 주는 대로 고기를 받아먹자 탈피를 마친 곤충처럼 나른한 가운데 조금씩 힘이 살아났다.

사막에서는 아늑한 바람이 불어왔다. 사방 어디를 둘러보아도 천막 하나 보이지 않았다. 아버지, 할아버지, 폭도로 변한 마을 어른들, 그들에게서 보이던 핏발 솟은 광기는 여기에는 존재하지 않는 듯했다.

고향에서 도망쳐 나왔지만 나는 줄곧 추방된 느낌이었다. 하지만 스스럼없이 돌봐주는 사람들 사이에 있자 마음이 한결 놓였다. 누구에게 돌봄을 받는 것도 오랜만이고 그 대상이 여자인 것도 어머니 외엔 처음이었다.

"수영하러 가지 않을래? 지금 물이 식어서 들어가기 딱 좋을 땐데."

며칠 후 기운을 되찾은 나를 유심히 살펴보던 아야는 훌쩍 일어나 앞장서기 시작했다. 큰 바위를 돌자 내리막길이 나왔고 작은 호수가 보였다. 지평선 아래로 사라져버린 태양이 무릎까지 오는 풀들에 그림자를 달아주고 있었다.

옷을 입은 채 물속에 풍덩 들어간 아야는 호수 중간으로 나아가더니 몸을 뒤집어 떠올랐다. 물

위에 편안히 떠 있는 아야에게 수달 같다고 말했더니 웃음을 터뜨렸다. 웃음소리가 너무나 쨍하고 생생하여 내게 벌어진 모든 일들이 전부 거짓말 같았다. 나는 따라 웃고 싶었지만 아직도 갈비뼈에는 눅진하게 통증이 걸려 있었다. 결국 윗도리만 벗어놓고 물속에 뛰어들었다.

며칠 전만 해도 물 한 모금 먹지 못해 죽을 것 같았는데 이제는 호수에 떠 있기까지 하다니....... 물이 이토록 풍부하다는 것만으로도 사치스러운 느낌이 든다. 갈대, 수초, 물고기들이 솟구치는 소리, 앵앵대는 하루살이 떼....... 평온한 풍경에 녹아 있으니 마음 깊은 곳에 잡힌 주름까지 퍼지는 것 같았다.

"그거 알아? 하루살이는 입이 없대. 하루밖에 살지 않으니까 먹을 필요도, 울 필요도 없기 때문이지. 하루살이는 오직 알을 낳기 위해서 물 밖으로 올라오는 거야."

아야가 성가신 곤충을 휘저으며 이렇게 말했다.

"그런데 이렇게 돼버렸으니!"

뭐가 재미있는지 아야는 제풀에 웃었다. 이름과 상반되게 백 년을 살아야 할 벌레들이 높게 날아올랐다. 그들은 불평할 입도 없어 오로지 날개 소리만 낼 뿐이었다.

물 위에 떠서 근심을 가라앉히는 행위. 이것은 마음의 균형추를 맞추는 하나의 의식으로 자리 잡았다. 머리가 복잡해질 때마다 나는 수영할 수 있는 물을 찾아 들어간다. 그리고 몸과 물이 완전히 연결되는 순간을 기다린다. 수면과 수평을 이룰 수 있다면 나머지 세상도 어떻게든 잘 돌아갈 것이라는 낙관 같은 것이 생겨난다고 아야가 말해주었다.

그 말 때문인지 정말로 그렇게 여겨졌다. 물속에 누워 있으면 줄이 늘어난 현악기가 천천히 조율되는 느낌, 만물이 나를 보호하고 나는 그 안에서 자유롭다는 느낌이 들었다.

이탕카의 천막에는 달력과 시계가 없다. 때문에 우리가 몇 달이나 같이 지냈는지는 잘 모르겠다. 그 시간은 영원 같은 느낌이다. 도마뱀을 구워 먹으며 수영을 하거나 산책을 하다 보면 하루가 모래 산처럼 모양을 만들다가 흩어지기를 반복했다.

백 년의 남은 시간을 그렇게 보낼 수 있으면 좋을 텐데, 나의 도착은 다른 출발을 불러오는 일이기도 했다.

"이리 온. 할 말이 있다."

어느 밤 저녁식사를 마친 후 이탕카가 나를 불렀다. 그녀는 한동안 바느질에 몰두했는데 드디어 완성했다며 천을 펼쳐 보여주었다. 검은 비단에 하늘과 바람, 별들의 문양 같은 것이 금실과 은실로 수놓아져 있다.

"이것은 하늘 망토란다. 네가 왔으니 내가 떠날 시간이다. 결코 닫히는 법이 없는 입술이 말해주었지. 가기 전에 일러둘 것이 있다."

나는 영문을 몰라 두 사람의 얼굴을 번갈아 바라보았다. 느닷없이 작별의 말을 듣고도 아야는 동요하는 기색이 없다. 이런 날이 올 줄을 알고 있었던 것일까? 아야는 어깨를 으쓱하더니 천막 밖으로 나가 모닥불에 나뭇가지를 더 올렸다. 일

순 살아난 불꽃이 크게 허공을 삼키는 것을 가만히 바라보았다.

"저 애는 네가 원하는 곳으로 너를 데려가줄 것이다. 대신 맹세해주었으면 좋겠다. 아야의 곁을 지키겠다고, 네가 이곳에 온 것은 하늘의 뜻이니 아야가 부탁할 때까지 결코 떠나지 않겠다고. 자, 내 눈을 보고 말해보렴."

이것저것 묻고 싶었으나 술사의 마법에 걸린 것처럼 입술이 굳어 아무 말도 꺼낼 수 없었다. 이탕카는 내 눈을 깊이 응시했다. 나를 보는 것이 아니라 그 너머의 먼 곳, 미래를 들여다보는 중이라고 했다.

"네 몸에서 빼낸 가시들이 도로 자라는 날이 올지도 모른다. 다 없어진 것처럼 보이지만 완전히 사라진 것은 아니야. 네 마음이 슬픔에 삼켜지지 않도록 조심해라. 실뿌리가 단단한 땅을 으스러뜨리는 것처럼 언제든 너를 파괴할 가시가 자라날 수 있으니까. 슬픔을 좋아하는 것은 나쁜 버릇이란다."

이탕카는 알 수 없는 말들을 천천히 이어갔

다. 나는 부지불식간에 고개를 끄덕인다. 그건 마치…… 유언 같았으니까. 압도되어 감히 다른 질문을 던질 수 없었다.

천막 밖으로 나간 이탕카는 톤을 바꿔 명령을 내렸다.

"자, 이제부터 내가 마라링가 풀을 태울 것이다. 모닥불 속에 열 개의 돌이 들어 있다. 돌이 다 구워지면 세 번 뒤집도록 해라."

소금과 물을 가져오라는 지시가 떨어졌다. 이탕카는 끓는 물에 소금을 넣어 녹이고 그 물을 우리에게 마시도록 하고 자신도 한 모금 마셨다. 소금물이 의식을 시작하기 전 몸속을 깨끗하게 정화시켜줄 것이라고 했다.

달구어진 열 개의 돌을 꺼낸 이탕카는 기다란 풀을 꺼내 주문을 외우면서 태웠다. 마라링가 잎은 독초로 알려져 있다. 독초가 타면서 향이 나는 재로 변하자 그 재를 달군 돌에 하나씩 발라 표식을 만들었다. 그러고는 지팡이를 짚은 채 아직까지 온기가 식지 않은 돌을 밟고 올라섰다.

나는 이탕카의 어깨에 하늘 망토를 둘러주었

다. 눈동자가 사라진 술사의 눈이 최면에 들어섰음을 알려주고 있었다. 돌 위에 올라선 이탕카는 지팡이를 내리치기도 하고 바닥에 그림을 그리기도 하면서 주문을 외웠다.

그것은 길고 지루한 의식이었다. 피워놓은 모닥불의 불꽃이 서서히 가라앉을 때까지 술사의 기도는 그치지 않았다. 단조로운 의식을 끝없이 바라보고 있으려니 서서히 졸음이 몰려왔다. 불씨만 남은 모닥불 자리에 이따금 마라링가 풀을 집어넣어야 했기 때문에 졸다 깨기를 반복했지만 어느 순간 나는 잠들고 말았다.

새벽이 오고 있지만 아직 밤이 끝나지 않은 시간이었다.

앉은 채 얼마나 잤던 것일까. 찬기를 느끼며 깨어난 내 귀에 먼 곳으로부터 낯선 소리가 들려왔다. 밤하늘에 무수히 박힌 별들은 천공이 구체라는 것을 여실히 보여주고 있다. 옆으로 돌아누운 아야는 깊은 잠에 빠져 있었다.

의식과 무의식의 중간지대에서 이상한 소리가

들려왔다. 뱀이 쉭쉭대는 것 같기도 하고 무거운
천이 땅에 끌리는 것 같기도 한 소리였다. 눈을
떠보니 사막 저편에서 검은 형상이 다가오고 있
었다.

'저게 뭐지?'

나는 정신을 차리기 위해 눈에 힘을 주었다.

카누였다. 사구의 끝자락에서 검은 카누 열 대
가 다가오고 있다. 모래는 부드러운 물결 모양을
이루며 갈라지고 합쳐져 카누를 앞으로 밀어내고
있었다. 다가온 카누에 술사가 올라타는 것이 꿈
속의 장면처럼 비현실적으로 보였다.

이탕카가 지팡이를 들자 카누는 천천히 앞으로
나아갔다. 그쪽으로 손을 뻗어보았지만 모래에
묻힌 발이 뽑혀 나오지 않았다. 카누가 내 옆을
스쳐 갈 때 하늘 망토가 크게 펄럭이며 내 몸 전
체를 덮쳤다. 부드러운 검은 비단에 감싸인 나는
수놓은 문양과 하늘의 별자리들이 하나로 겹쳐지
는 것을 볼 수 있었다.

그러자 모든 것이 문득 선명해졌다. 하늘 망토
는 우주로 통하는 문이고 늙은 술사는 그 너머로

건너가는 중이었다. 그녀는 떠날 것이다. 먼 곳으로, 죽음이 사라진 세상에서 죽음 너머로. 동승할 기회는 지금밖에 없다. 살아 있는 자들이 절대로 넘볼 수 없는 기회가 이 카누 안에 들어 있다는 예감에 세차게 가슴이 뛰었다.

간절히 따라가고 싶었다. 고향을 떠날 때만 해도 한결같이 죽고 싶은 마음뿐이었으니까. 그런데 지금 이 술사를 따라가면 편안한 죽음을 맞이할 것이라는 직감이 들자마자 내부에서 분명한 경고의 신호가 울려왔다. '지금 죽는 것은 포기하는 것이다'. 무엇을 포기하는 것일까? 어차피 이 세상에는 끔찍한 일들만 남아 있는데…….

망설이는 사이 하늘 망토의 부드러운 감촉은 사라져버렸다. 여전히 모래 속에 파묻힌 발을 내려다보자 오한이 들었다. 모래 전체가 살아 있는 짐승의 털처럼 부르르 떨었고 그 사이를 미끄러지듯 흘러가는 카누의 모습이 어느덧 점처럼 작아져 있는 것이 문득 눈에 들어왔다.

"기다려요!"

나는 달리기 시작했다. 술사가 향하는 곳에서

태양이 돋아나고 있었다. 나는 애원했다. 흑점처럼 박힌 검은 카누를 향해 나도 데려가 달라고, 이 이상한 세계에 남겨두지 말라고 간절히 빌었다. 그렇지만 카누는 끝끝내 나를 데려가지 않았다.

털썩 주저앉은 나는 이상한 설움에 북받쳐 소리 내어 울었다. 지평선을 떨치고 일어난 그날의 태양이 힘과 권능을 확인하듯 어둠을 몰아냈다. 후회가 밀려왔고 동시에 그 배에 타지 않은 것이 다행이라는 안도감도 들었다. 조그마한 카누 모양의 죽음이 내 손 안에 들어 있다 빠져나간 느낌이었다.

태양이 높이 솟구칠 때까지 나는 자리를 떠날 수 없었다. 완전히 지쳐 천막으로 돌아와보니 그제야 깨어난 아야가 눈을 비볐다.

"가버렸나."

목소리에는 별다른 감정이 실려 있지 않았다. 무심한 손길로 안대 사이에 들어간 모래를 털어낼 뿐이었다. 그제야 저 아이의 곁을 지키겠다고 한 맹세가 떠올랐다. 하지만 검은 카누가 사라져

갈 때까지 내 머릿속에는 아야에 대한 생각이 조금도 들어 있지 않았다.

"알고 있었어? 그녀가 떠날 거라는 거."

"물론이지. 네가 오기 전부터 여러 번 보여줬는걸."

이탕카는 입버릇처럼 '소년이 도착하면 내가 떠나는 날이 올 것이다'라고 말했다고 했다. 모닥불의 환영 속에서 하늘 망토에 들어갈 문양을 보여준 적도 있었다. 술사의 일이었기에 아야는 그 말을 받아들였다. 망토를 만들 천을 찾기 위해 여러 날을 보냈고 새의 깃털을 달기 위해 만나는 새들마다 쫓아다녔다. 망토를 어떻게 만들었는가에 대한 쓸모없는 수다가 길어지자 나는 참지 못하고 말을 잘랐다.

"이탕카는 어디로 간 거야? 설마 죽은 건 아니겠지. 더 이상 이 세상에는 죽는 사람이 없으니까."

"죽은 것은 아니지만 죽은 거나 다름없기도 해. 그녀는 실망의 호수와 두려움의 산과 목마름의 해협을 지나갈 거라고 했어. 그 세 군데를 통과하면 살아 있어도 인간이 아니야. 그런 사람에게 생사는 중요하지 않아."

"알아듣기 힘든 소리만 하는구나. 너도 술사야?"

"난 술사가 필요 없어. 이탕카에게 신이 필요 없듯이."

나는 가로로 긴 빗금이 그어진 모래 언덕을 망연히 바라보았다. 그 빗금 때문에 사구가 나를 향해 비웃는 것처럼 보였다. 온 세상이 수수께끼에 가득 차 있었다. 결코 풀 수 없는 비밀을 품은 풍경을 바라보자 입 밖에 낸 적이 없는 말들이 밀려나왔다.

"나는 작은 마을 출신이고 죽음에 대해 아는 것이라고는 할아버지의 경우밖에 없어. 우리 가족에 친척까지 전부 모여 임종을 기다리고 있었지. 장례식도 준비됐고 마음의 각오도 되어 있었어. 그런데 할아버지는 십자가에 못 박힌 누구처럼 붙들려버린 거야.

우리 아버지는 할아버지가 이 사태를 몰고 온 거라고 생각했어. 어떤 문이 열리고 사람들이 죽지 않게 되는 신의 화살을 맞게 됐는데 그 화살에 맞은 최초의 사람이 하필이면 우리 할아버지라고. 그래서 할아버지가 죽을 수 있다면 다른 사람들도 이 마법에서 풀려날 거라고 말이야."

"재밌는 얘기네. 인간의 자기중심적인 해석은 들을 때마다 신선하단 말이야."

"할아버지가 편히 돌아가셨으면 좋겠어. 아버지도."

"그러면 너 역시 죽는데도? 시간이 다시 흐르기 시작하면 나이 먹고 늙고 병들고 죽을 건데도?"

"스무 살은 될 수 있겠지. 수염도 자랄 거고."

"그게 뭐가 중요해. 수염 따위가."

"내 말은 온전한 상태로 자라고 싶다는 말이야. 벌써 몇 년이 지난 건지 기억도 나지 않아. 너나 나를 봐. 우린 애도 아니고 어른도 아니고 물론 늙은이도 아니야. 아니면 그 셋을 합쳐놓은 괴물이거나."

"달리 말하면 뭐든지 될 수 있는 거잖아. 애처럼 퇴행을 해도 되고 어른처럼 살 수도 있겠지.

넌 성장을 하는 대신 세상을 돌며 모험을 할 수 있어. 생각만 해도 신나지 않아? 아무도 죽지 않으면 슬퍼할 이별도 없는 거잖아. 각자 원하는 방식대로 살면 되고."

"사람들은 전부 미칠 거야. 우리 아버지처럼."

"넌 엄청 비관주의자구나! 그보다 배고파 죽겠다. 먹을 거나 찾아보자."

4장
봄과 여름의 나날

또다시 모래와 같은 시간이 지나갔다. "떠나야 겠어"라고 아야가 선언했을 때 나는 솔직히 두려 웠다.

어린애 둘이서 사막을 횡단할 수 있을까? 조난 당한 경험이 있는 나는 사막의 갈증이 떠올라 발 이 떨어지지 않았다. 이곳은 오래 머물고 싶은, 물이 가까운 은신처였다. 하지만 아야를 거역할 수 없다. 모든 것을 의지하고 지낼 만큼 이곳 사 정에 훤했기 때문이다. 무엇보다 '아야는 네가 원 하는 곳으로 너를 데려다줄 것'이라는 이탕카의 예언이 강력하게 나를 지배하고 있었다. 지금 와서 달리 내가 무엇을 믿는단 말인가?

아야는 차곡차곡 떠날 준비를 했다. 천막을 태우고 잔해를 모래에 묻었다. 그러고는 사막에서 물을 찾는 방법을 알려주었다. 여우 사냥에 성공한 아야는 고기를 잘게 잘라 소금에 절이면서 이렇게 말했다.

"아주 짜게 만들어야 해."

질그릇에 담긴 고기 위로 아야는 소금을 한 번 더 쳤다.

"물이 떨어질 때쯤 이걸 뿌리면 돼. 그러면 배고픈 새들이 와서 먹을 거야. 짜디짠 고기를 먹었으니 가는 곳은 뻔하지. 새들은 물이 있는 곳을 알거든."

그녀의 장담은 틀리지 않았다. 소금기가 밴 고기를 먹은 새들이 갈 길을 인도해준 것이다. 날개 달린 짐승을 어떻게 쫓을까 싶었지만 아야는 사막에서 바늘을 찾는 사람처럼 새들의 분변을 잘도 찾아냈다. 또 아무리 희미한 발자국이라도 놓치는 법이 없어 자취를 쫓다 보면 샘이나 풀이 나왔다.

한번은 도톰한 회색 잎이 안쪽으로 돌돌 말린 풀을 가리키더니 이렇게 말했다.

"잘 봐둬. 이게 내일 우리의 컵이 될 거니까."

다음 날 '컵'에는 이슬이 고여 있었다. 식물이 물을 담아두는 지혜, 새들이 물을 찾아내는 지혜, 그것을 읽어낼 수 있는 아야의 지혜는 언제나 나를 놀라게 한다. 말투와 행동은 어린애처럼 천진한데 가만히 보면 천 년도 더 살아온 사람 같다.

그 애와 함께 지낸 시간은 별도의 인생처럼 여겨진다. 계절은 항상 여름이지만 마음속에서는 사계절을 다 겪어낸 것 같다. 봄여름에 해당하는 몇십 년 동안에는 흥미로운 일도 많았고 무의미하지 않은 나날들을 보냈다. 가을이 되자—편의상 이렇게 부른다면— 서서히 허무감이 자라기 시작했다. 노인이 되어 있을 나이에 산전수전 다 겪은 열다섯에 머물러서 그런가, 그때까지 통과한 경험들이 빛을 바래 의미를 잃었다. 겨울이 되자 다른 사람과 마찬가지로 충분히 나약해져버렸다. 영혼 속으로 '가시'가 자라버린 것이다.

태어나 정지되는 시간을 만날 때까지의 열다

섯—그리고 백 년— 아야가 없는 열여섯부터 여든네 살이 된 지금에 이르기까지 내 인생은 하나를 둘러싼 또 하나의 인생으로 이루어진 셈이었다. 소설로 치면 액자소설에 해당한다고 할까. 그녀를 만나기 전까지의 십오 년은 전생처럼 아득하고 열여섯부터 흘러간 시간은 꿈처럼 허망하다. 결국 내 인생에서 중요한 것은 액자 속의 시간, 아야와의 백 년일 수밖에 없다.

사막을 가로지르는 동안 우리는 많은 대화를 나눴다. 그 애는 말해줄 것이 많지 않았다. 이곳에 오기 전까지의 기억을 잃어버렸기 때문이다.

"엉망진창이 된 나를 이탕카가 구해주었어. 다친 데가 많았지만 술사를 만난 게 행운이었지. 내 몸을 거의 다 치료해주었지만 끝내 왼쪽 눈은 살려내지 못했어."

"정말로 기억이 하나도 나지 않아? 부모님이나 태어난 고향, 뭐 그런 것도?"

"응. 난 내 나이도 몰라. 어찌 보면 잘된 일이지."

"이름은 누가 지어줬어?"

"아야는 영혼이나 조상, 죽은 사람을 의미한다고 했어. 이탕카가 겨우 살려낸 나를 이렇게 불러줬어. 더 오래 살아가라고 유령 이름을 지어준 거래."

어두운 과거가 없는 아야가 부러웠다. 씩씩함과 기민함, 불안 없는 활력이 기억을 잃은 데서 비롯됐다고 여겼기 때문이었다.

마침내 모래시계를 거꾸로 세울 날이 왔다. 황무지가 끝나고 초록색 이파리를 단 나무들이 보이기 시작한 것이다. 돌이 아닌 나무로 덮인 언덕을 보는 것은 오랜만이었다.

드문드문 서 있던 나무들이 숲처럼 무성해진 다음에도 우리는 물을 따라 이동했다. 시냇물을 찾아 거슬러 올라가 보니 물마루가 제법 높이 솟은 강이 나왔다.

오랜만에 깨끗이 목욕을 하고 수영을 했다. 야영을 거듭하면서 신체의 불필요한 요소는 보이지 않는 조각칼로 말끔히 덜어낸 느낌이었다. 세상이 어떻게 돌아가든 열다섯의 내 몸은 강인하고 잘 다듬어져 있다는 확인을 하자 자신감과 희열이 몰려온다. 몸의 성장은 멈춰버렸지만 내면은 부쩍 자란 느낌이었다. 젊다 못해 어린 나는 열다섯이라는 '주머니' 속에 단단하게 잘 봉인된 채 익어가고 있었다.

붉은 무화과를 하나 따서 먹었다. 전신에 흡수되는 단맛이 오래전 기억을 되살렸다. 설탕 과자의 맛이 어머니의 얼굴로 변했다. 단맛은 여전히 유년에 속하지만 슬픔의 농도는 한층 옅어져 있었다.

과일을 다 먹을 무렵 산을 내려오는 원주민 가족들과 마주쳤다. 부모와 아이 둘, 염소로 이루어진 가족이었다. 그들은 내가 알아들을 수 없는 언어를 사용했지만 아야와는 대화가 가능했다. 마을의 위치를 물어보니 북쪽으로 한참 더 내려가야 한다는 답이 돌아온다. 오랜만에 다른 지역 사람을 만나자 문득 궁금해졌다. 숲에서 살아가는 사람들은 변치 않는 자연이 무섭지 않았을까? 어떻게 균형을 유지할 수 있을까?

남자는 대답 대신 노래를 부르기 시작했다. 노

래는 하나의 약속인 듯 엄마와 아이들이 동조해 합창을 했다.

"그래서 노래를 불러줘요. 숲과 강물과 바람에게 노래를 불러주고 있어요. 괜찮으니까 천천히 돌아오라고. 우리가 기다리고 있겠다고 말이에요."

알아들을 수 없는 노랫말에 이와 비슷한 대답이 들어 있을 거라고 생각했다. 그들은 부러진 나무, 갈라진 바위, 다친 염소를 향해 노래를 불렀으니까. 노래를 불러주면 상처받은 자연이 낫기라도 할 듯이 말이다. 아름다운 노래였다. 어느 밤 꿈속에 따라오면 눈물을 흘리게 만들 만큼.

그러나 도시에서 만난 사람들은 달랐다.

고향에서 벌어진 것과 비슷한 혼돈이 도처에서 목격됐다. 다만 광기의 형태가 나태와 약물 중독으로 이루어져 있다는 점에서 달랐을 뿐이다.

첫 번째 식당에 갔을 때 우리는 잘못된 장소에 들어섰다는 느낌을 즉시 받았다. 드문드문 앉은 손님들은 음식에는 전혀 손대지 않은 채 담배만 피워대고 있었으니까. 그러다 한 사람이 "헤, 헤, 헤, 헤, 헤!" 하는 이상한 소리를 내자 모든 사람이 일제히 "헤, 헤, 헤, 헤, 헤!" 하며 똑같은 소리로 응답했다. 이 이상한 울부짖음은 한참이나 이어졌다. 이들의 행태는 모두 앞에 놓인 자주색 액체와 무관하지 않을 성싶었다.

"저길 봐. 잔에 가루를 타고 있어."

바텐더를 관찰하던 아야가 내 귀에 속삭였다.

멋모르고 들어간 식당은 중독자들의 아지트였던 모양이다. 다행히 그들은 우리에게 전혀 관심이 없었다. 오로지 가루를 탄 음료만 뚫어져라 바라볼 뿐이다. 하지만 기분이 나빠져 오래 머물 순 없었다.

길에는 유랑객이 넘쳐났는데 아무런 이유 없이 집을 나선 사람들이 태반이었다. 무정부 상태의 거리에서는 강한 감정만이 존중받는다. 화를 폭발시키는 사람들, 큰 소리로 위협하고 쩌렁쩌렁 욕설을 퍼붓는 사람들이 다른 이들을 자극했다. 즉흥적으로 만들어진 군중들은 손에 잡히는 대로 물건을 부수거나 유리창을 깨뜨리며 앞으

로 나아갔다. 깨지고 부서지는 소리, 타인의 비명
처럼 이들을 흥분시키는 것은 없다. 도로가 넓어
질수록 군중은 불어났는데 이들은 중독자와는 또
다른 광기에 휩싸여 있었다. 중독자들이 저음이
라면 그들은 고음이고 중독자들이 물이라면 그들
은 불의 상태에 가까웠다.

"우리도 가보자."

아야는 거리를 메운 인파 속으로 나를 끌어당
겼다.

"저 속에? 안 돼. 위험해."

"뭐가 위험하다고 그래. 죽기라도 하겠어?"

아야는 농담이라도 들은 것처럼 코웃음을 쳤
다. 사막을 떠난 다음부터 아야는 줄곧 세상에서
벌어지는 모든 일들을 탐색하고 경험하고 싶어
했다. 혐오감을 자아내는 풍경도 상관하지 않았
다. 그 애는 오로지 강렬한 일들에만 끌렸다.

안으로 들어가니 행렬에는 아무 목적도, 의미
도 없었다. 거기에는 오로지 '흥분'이라는 엔진만
돌아갈 뿐이었다. 기세만은 대단하여 인도에 선
구경꾼을 집어삼키며 몸집을 불리고 있다. 다들

이 퍼레이드를 왜 좋아하는지 알 듯도 하다. 모두 한 덩어리가 되어 머리 없는 동물이 된 듯한 감각. 여기서는 오히려 안전하다는 느낌. 감정의 증폭기가 되는 쾌감을 맛볼 수 있으니까. 이런 대규모의 움직임에 한 번이라도 용해되어본 사람이라면 해방감을 느끼지 않을 수가 없을 것이다.

밀가루 반죽처럼 타인의 몸과 밀착해 겨우겨우 앞으로 나아갈 때, 큰 대로를 같은 패거리로 꽉 채워 점령할 때, 안에는 이상한 충만감이 가득했다. 정지된 시간에 대한 두려움은 견딜 만한 크기로 잘게 쪼개진다. 개기일식이 오면 다 같이 해를 구하기 위해 노래를 불렀다는 고대인들처럼.

하지만 행렬은 그리 오래 지속되지는 않았다. 이들에게는 대오를 유지하기 위해 꼭 필요한 외부의 적 같은 동력이 없었다. 일시적인 변덕으로 부풀어졌다가 분위기가 가라앉으면 뿔뿔이 흩어진다. 흥분해서 꽥꽥대는 원숭이 무리와 다를 바 없다.

행렬에 섞여 이곳저곳을 돌아다닌 결과 도시는 확연한 구획으로 나누어져 있었다. 도심에는 법

석을 피우는 무리들이, 지하에는 나른한 중독자들의 술집이 몰려 있다. 어딘가에 이성의 끈을 놓지 않는 사람들이 있겠지만 눈에 띄지 않는다. 확실히 변두리로 나갈수록 소란이 가라앉고 도심에서 떠나온 사람들이 많았다.

중독자들에게는 행복한 지옥이 열린 셈이었다. 나는 술꾼 하나가 "이대로 천 년이라도 마실 수 있다"고 호언장담하는 것을 본 적이 있다. 그러나 잘못된 말이다. 거듭되는 폭음은 목숨을 끊어놓지 않더라도 영혼만은 확실하게 파괴하기 때문이다.

정지된 시간은 눈에 보이는 것들만 건드린다. 사물이나 인간의 신체처럼 가시적인 세계는 이 시간의 물리적인 지배를 받는다. 하지만 어찌된 셈인지 영혼만큼은 계속 축적이 이루어지고 있다. 기억이 쌓여가는 것이다. 술꾼의 파괴된 영혼으로 천 년이나 마셔댈 수는 없을 것이다. 뒷골목에 목숨만 붙어 있는 가사상태의 살덩어리들이 널브러져 있는 것은 그 때문이다. 그 모습은 썩지 않는 음식 쓰레기처럼 혐오감을 주었다.

광기가 스모그처럼 도시 전체를 덮고 있지만 모든 충동이 제풀에 꺾여버리고 나태와 권태만이 승리를 거둔다. 파리지옥풀에 달라붙은 파리 떼들처럼 발버둥을 쳐봐야 아무도 끝나지 않는 시간 밖으로 나올 수 없다. 실존적인 측면에서 중독자들은 이미 죽은 파리였다.

폭도들과 어울리는 것에 싫증이 났는지 아야는 다른 곳을 찾아보자고 했다.

그녀가 염두에 둔 곳은 근교의 대학 캠퍼스였다. 소문에 따르면 그 대학 캠퍼스에 '멀쩡한' 사람들이 자발적인 공동체를 이루며 살고 있다는 것이었다.

우리는 묻고 물어 그곳을 찾아냈다. 도심에서 나흘쯤 걸어가자 나무숲에 둘러싸인 건물이 모습을 드러냈다. 아야는 용감하게 정문에 서 있는 남자 어른들에게 말을 걸었다.

"들어가도 되나요?"

나는 웅장한 석조 건물에 기가 죽어서 아야의 뒤에 서 있었다. 남자들은 우리의 입성을 눈으로

훑어보더니 이렇게 말했다.

"먼저 세라하고 얘기를 해봐."

정문 너머로 큰 건물이 몇 개 더 보였고 작업복 차림의 사람들이 돌아다녔다. 우리는 그중의 한 사무실로 안내되었다. 문을 열자 긴 생머리를 하나로 묶고 헐렁한 체크무늬 남방을 입은 중년 여자가 우리를 맞아주었다. 햇빛이 비쳐드는 사무실은 별것 없이도 아늑한 느낌을 주었다. 오랜만에 정돈된 실내 풍경을 보는 탓인지도 모르겠다.

자신을 세라 모겐탈러라고 소개한 부인은 소파에 앉으라고 한 후 차를 만들었다.

"긴 이야기가 필요하단다. 우리와 함께하려면 말이야. 너희들의 이야기를 다 듣고 나서 이곳을 설명해주마."

세라와의 대화는 일종의 면접 과정이었다. 사람들이 제멋대로 들고 나면 학교—세라는 이곳을 학교라고 불렀다—를 유지할 수 없기 때문에 이곳의 구성원이 될 만한 사람인지 판단하는 시간이 반드시 필요하다는 것이었다.

어디서부터 시작해야 할까. 되도록 간략하게

전하려 했지만 내 얘기만으로도 두 잔이나 차를 더 마셔야 했다. 세라는 아야와 나, 둘이서 사막을 가로질렀다는 대목에 몹시 놀랍다는 반응을 보였다. 자세히 듣고 싶어 했지만 아야가 말을 잘랐다. "별것 아니었어요. 어쨌든 죽지는 않으니까 인내심을 갖고 견디면 되는 일이죠. 다들 그렇지 않나요?"라고 말이다. 아야는 말할 것보다 들을 것이 많다는 투였다.

"폭도들이 이곳을 공격하진 않나요? 방어하는 사람들이 더 많아야 하는 것 아니에요?"

정문의 허술한 경비를 떠올리며 내가 묻자 세라는 "그들과 우리는 통해 있는데 뭘"이라는 알쏭달쏭한 답변을 했다.

도시가 붕괴하지 않은 균형의 비밀이 여기 있었다. 악덕으로 자신을 해방시킨 사람들은 동시에 죄를 정화받을 수 있는 쉼터를 갈구한다. 폭도의 무리가 이런 종류의 공동체를 건드리지 않는 이유는 그들의 다음 행선지가 이곳일 수 있기 때문이었다.

"그들 중 우리로부터 나간 사람이 있고, 우리

중에도 폭도였던 과거를 후회하고 들어온 사람이 있어. 어쨌거나 네 말대로 '학교'의 일차적인 목적은 구성원들의 안전 보장이니까 보기보다는 많은 신경을 쓰고 있단다. 우리는 지켜야 할 것이 있는 사람들이니까."

세라는 여섯 살과 네 살인 남매를 키우고 있다고 했다. 질서가 무너지던 시기에 남편이 가족을 버렸고 그녀는 아이들을 데리고 떠돌다 이곳에 정착했다고 한다. 정지된 시간보다 위험한 것은 그 안에 담긴 사람들이라고 그녀는 강조했다. 충동을 실험하는 야수들로부터 가족을 보호하기 위해 많은 사람들이 시골이나 변두리로 피했다. 그러다 자식을 버리고 다시 폭도가 되기도 했다. 내가 놀란 것은 이 양쪽의 세계가 연결이 되어 있다는 점이었다.

"학교에서 지내려면 규율을 따라야 해. 너희들은 아주 강인한 아이들 같지만 이곳과 맞지 않을 수도 있으니."

세라는 학교의 여러 공간을 보여주었다. 초창기 정착민들은 텅 빈 강의실을 개조해 교실과 주

거 공간으로 나누었고 공유 시설들을 만들었다. 여러 시행착오 끝에 작업장, 텃밭, 공동 식당, 임시 병원 같은 곳이 어설프게나마 모습을 갖춰나 갔다. 많은 시간이 걸렸고 규칙이 연달아 생겨났 지만 '너무 엄격했던 시절의 시행착오'가 있었기 때문에 현재에는 되도록 간단하게 유지한다고 했 다.

규율은 이러했다. 구성원들은 일하고 공부해 야 하며, 협동하고 공유해야 한다는 것이 가장 큰 원칙이다. 또한 곡물과 채소, 과일을 돌보고 책을 읽거나 토론에 참여하는 것이 이곳에서 지내는 동안 반드시 해야 할 일이었다.

"우리는 무의미와 싸우면서 스스로를 지켜야만 해. 영생에 대한 방부제로서 공부와 노동만큼 중 요한 것이 없다는 게 우리의 결론이란다."

도심의 야수들과는 또 다른 실험이 이곳에 펼 쳐지고 있었다. 도서관을 본 순간에는 나도 모르 게 탄성이 나왔다. 아버지의 선반에 놓여 있던 한 줄의 책들이 나에게 불러일으킨 외경심 때문인지 이 많은 책들은 사치스러운 보물처럼 보였다.

"여기서는 몇 년이라도 거뜬히 지내겠는걸!"

흥분한 나와 달리 아야는 무표정했다. 책 한 권을 꺼내 건성으로 넘겨 보다 말고 문득 궁금하다는 듯 물었다.

"그런데 책을 읽어서 뭐해? 저자들은 대부분 죽은 사람들이야. 이 시대가 오기 전에 태어나 사라진 사람들이라고. 그들은 이런 시간이 있다는 것도, 그래서 사람들이 죽지 않게 된 것도 몰라. 백 년도 살아보지 못한 사람이 쓴 책을 보는 게 지금 무슨 소용이 있어?"

얼른 대답을 찾지 못해 나는 더듬거리며 말했다.

"길바닥에 몰려다니는 것보다야…… 다른 사람들의 생각도 들을 수 있고 말이야."

"차라리 변한 세상을 보러 다니는 게 낫지 않겠어? 여기, 목차를 한번 읽어볼게. 신, 영혼, 도덕, 죄, 피안, 진리, 영생…… 이 중에 원래의 개념대로 남아 있는 것이 하나라도 있느냔 말이지."

아야는 이곳 또한 새로운 감옥처럼 보인다며 이렇게 많은 사람들과 공동생활을 할 자신이 솔직히 없다고 속내를 털어놓았다. 그런 반감이 전해졌는지 아야는 결국 '불합격' 처리되고 말았다.

며칠 후 세라가 완곡하게 그 사실을 통보했을 때 우리는 정원으로 나가 의논을 했다. 나는 이곳에서 지내고 싶었고 아야는 그렇지 않다. 입장 차이를 확인한 다음 골똘히 생각에 빠진 아야가 먼저 결론을 내렸다.

"난 아직 경험하고 싶은 게 많아. 사람들과 단체로 지낼 준비도 안 된 것 같고…… 넌 여기가 마음에 드는 모양이니 이곳에서 지내는 게 좋겠어. 네가 보고 싶으면 언제든 돌아올게."

선뜻 대꾸할 수 없었다. 사막에서부터 줄곧 아야를 의지해 함께 지내왔는데 이렇게 헤어져도 될까? 다시 못 만나면 어떡하지? 내 마음에서는 두려움이 밀려왔다.

아야를 따라가고 싶은 마음이 절반, 새로운 환경에서 사람들과 어울리고 싶은 마음 또한 절반이었다. 갈등하는 나에 비해 아야는 너무 쉽게 결정하려는 것 같아 조금 분한 마음도 들었다. 확실히 나는 아야에 비해 야성이나 결단력 같은 것이 부족했다. 동갑내기 여자아이에게 꿀리지 않으려고 그간의 모험을 견뎌온 측면도 있다는 것을 인정하자 오기 같은 것이 치밀었다.

나 역시 나를 실험해보고 싶었다. 혼자 지내는 동안 내 자신이 어떻게 변화할지도 알고 싶었다. 우리는 '당분간' 떨어져 있기로 했다.

떠나는 아야를 정문까지 바래다주면서 나는 몇 번이나 다짐을 받았다.

"네가 올 때까지 나는 여기서 버티고 있을 거야. 그러니까 한 번은 꼭 돌아온다고 약속해."

아야는 고개를 끄덕이며 부드럽게 웃었다. 남동생을 놓고 가는 누나처럼.

새로운 생활이 모두 순조로웠다고는 할 수 없다. 나는 묵묵히 주어진 일을 하고 혼자가 되었다.

그것은 홀가분하면서도 이상한 감정이었다. 외로운 기분이 들 때마다 도서관에 갔다. 책을 펼치면 더 이상 옆에 있지 않은 아야가 책갈피 속에, 단어 사이에서 튀어나왔다. 조경이 잘된 정원에서 예쁜 나뭇잎을 줍는 것처럼 두꺼운 책들에서 단어들을 골라냈다. 노트에 그 말들을 옮겨 적다 보면 어느새 편지가 되어 있었다. 나는 연서처럼 보이는 종이를 구기면서 아야에 대한 내 마음이 사랑인지 아니면 어린애의 단순한 애착 같은 것인지 알 수 없다는 생각을 했다.

내가 영어로 된 책들을 그럭저럭 읽게 된 후에도 그녀는 오지 않았다. 텃밭에서 일하다 허리를 펼 때, 샤워를 하고 옷을 갈아입은 후 그날의 첫 책을 펼쳐들 때, 한참 찾아 헤맨 책을 마침내 서가에서 꺼내고 책장의 비어 있는 틈을 볼 때, 친절한 클라우스의 미소에서 다정한 무언가를 떠올릴 때 그 안에는 항상 아야의 눈동자가 있었다.

클라우스는 마흔다섯에 박사 학위 두 개를 지닌 독신자로 내가 본 중 가장 책에 미쳐 있는 사람이었다.

"그건 산스크리트어다. 난 항상 그 언어를 배워보고 싶었지. 부끄럽게도 산스크리트어를 모른 채 인도철학 책을 펴낸 적이 있거든."

읽을 수 없는 표지의 책을 우두커니 내려다보고 있을 때 그가 먼저 말을 걸어왔다. 클라우스는 열두 개의 언어를 차례로 습득해 고대와 중세의 책들을 마음껏 읽어치우는 중이라고 했다. 그는 시간이 정지해서 너무너무 행복하다고 했다. 백년도 못 사는 인간이라면 무슨 공부를 해야 할지 심사숙고해서 정해야 하는데 이제는 내키는 대로 공부를 할 수 있다는 것이었다. 그는 묻는 말에 뭐든지 대답해주는 사람이어서 나에게 좋은 선생이 되어주었다.

나는 클라우스와 더불어 기꺼이 도서관의 '갱도'를 파고 내려갔다. 스승이 고서를 펼쳐놓고 헌신의 시간을 보내는 동안 나 역시 옆을 지키며 책장을 넘겼다.

어두워질 때까지 책을 읽다 보면 몸 위로 거미줄이 수북이 자라나고 오직 우리 두 사람만 지하 묘지 속에 파묻힌 느낌이 들었다. 이곳에서 빛나는 것은 스승의 두 눈뿐이다. 클라우스는 내 성자였다. 학문이 종교일 수 있다면 말이다. 나는 아야의 생존력을 동경했던 것과 마찬가지로 진리를 향한 스승의 헌신을 흠모했다. 누군가를 숭배하지 않고서는 못 견디는 열다섯인 나는 기꺼이 스승의 카타콤 옆자리를 차지할 것이다.

책들에 파묻힌 시간은 빠르게 지나갔다. 철학과 사회에 관한 책들이 꽂혀 있는 두 줄의 서가를 통과하고 고개를 들었을 때, 어느 날 문득 아야의 얼굴이 기억나지 않는다는 사실을 깨달았다. 기억하는 거라고는 검은 안대뿐. 아야의 안대는 앨리스의 체셔 고양이처럼 몸통은 다 지워지고 검은 동그라미만 남아 내가 펼치는 책장에서 이따금 튀어나온다. 그리고 모든 것을 빨아들이는 블랙홀처럼 검은색으로 내 현실을 흡수해버린다. 극도로 절제되어 있는 생활과 광활한 책의 세계, 아야의 검은 안대. 글자에 중독된 나는 꿈조차 문장으로 꿀 정도였다.

"돈은 주조된 자유다— 전에는 그랬지."

누군가의 말을 인용하며 클라우스가 싱긋 웃었다. 저 웃음은 반론을 펼치기 전에 보이는 습관이다. 침묵에 잠겨 있다가 불쑥 말을 꺼내는 그의 버릇에도 이제는 익숙해졌다.

"돈이 보증해주던 자유, 시간, 이해관계…… 이런 것은 전처럼 강력하지 않지. 우리가 인간짐승으로 돌아갈 토대가 마련된 것이지. 나쁘지만은 않다고 본다."

"우리 아버지가 유일하게 잘하는 건 절약이었어요."

"그런 사람들이 '전에는' 넘쳐났지. 하지만 어제와 똑같은 나날인데 아껴봐야 무슨 의미가 있겠니? 죽지 않는 사람들은 많은 의무에서 해방됐어. 그러니 잘 먹고 잘 살면서 세상을 지상낙원으로 만들면 될 텐데 인간짐승들은 그러질 않거든."

"낙원이 뭘까요, 절망하는 사람이 없는 곳인가요?"

"글쎄다. 절망에 빠지지 않는 것이 좋은 삶인가? 인간이 죽음과 함께 영영 잃어버린 것 중 하나가 바로 절망이란 말씀이야. '짐승'의 측면에서 보면 생존에 쫓기지 않는 지금이 행복해야 하는데 '인간'은 그렇지 않지. 인간은 먹고 자고 죽지 않는다고 해도 절대로 삶에 만족하지 않아. 아주

작은 것이라도 자신이 의미 있는 일과 연결되어 있고 무언가 역할을 하길 바라는 마음이 있거든. 그게 이 인간짐승의 흥미로운 점이지."

"종교는 뭐라고 할까요? 이 새로운 세계에 대해서."

"복음서는 완전히 다시 쓰여야 해. "우리 중에 한 아이가 태어났도다'라는 구절이 '우리 중의 한 인간이 진정한 죽음을 맞이한다'로 바뀌는 정도라야 인간에게 희망을 줄 수 있을 거다. 하지만 쾌락과 무질서에 몸을 맡긴 탕자들에게는 회개도 중요한 소비일 테니까 종교의 형태는 어떻게든 남아 있겠지. 기성 종교가 무너져도 사교는 도처에서 나올 테고 말이다."

"오래전 제 친구는 이 책들의 의미가 다 바뀌었는데 뭐하러 읽느냐고 물었어요. 그때 저는 제대로 대답하지 못했고, 사실 지금도 잘 모르겠어요. 책을 읽는 것은 좋지만 그것으로 무엇을 할 수 있을지도요."

클라우스는 "그렇게 생각할 수도 있겠지"라고 한발 물러났다.

"하지만 이 안에서는…… 그러니까 이 죽은 저자들은 말이야, 책을 상상하고 읽고 쓰는 동안에는 자기가 유한한 존재라는 걸 잊고 쓴단다. 유한한 인간이 유한성 밖으로 나가 무한한 세계와 조우하는 순간은 흔치 않다. 예술과 학문 같은 것들로만 가능한 찰나인데 이는 예나 지금이나 마찬가지다. 지성이 영성을 대신할 수 있을까? 나는 그렇게 믿고 싶다. 심연 속으로 발을 딛기 시작하면 유사 죽음밖에 더 있겠니?"

이따금 교리 문답 같은 대화를 나누면 돌아와 노트에 적었다. 클라우스는 책들을 흡수하고, 나는 책을 흡수하는 그의 열정을 숭배했다. 허리를 꼿꼿이 세우고 책을 읽는 그의 뒷모습이 도서관의 기둥처럼 든든하게 느껴졌다.

클라우스는 학교에 들어온 이래 지금까지 한 번도 '방학'을 신청하지 않았다고 했다.

방학이란 단조롭고 엄격한 학교를 벗어날 수 있는 시간으로, 단체 생활을 지속할 때 오는 마음의 압력을 줄여주기 위해 고안된 것이다. 얼마간의 시간이 지나 학교에 적응한 사람들은 심사를 거쳐 밖으로 나갈 기회를 얻는다. 방학이 끝난 다음 학교로 돌아오지 않는 사람들도 매번 속출하지만 이 또한 정교한 계산이 깔려 있다. 돌아오지 않을 사람이라면 내부에 불화의 씨앗을 품고 있기에 이런 인물을 자연스레 내보내는 수단으로 방학이 고안된 것이다.

어느 날 클라우스는 야심찬 선언을 했다.

"작은 책을 하나 생각하고 있어. 사전 말이다. 지금까지의 철학으로는 담을 수 없는 개념을 새로 정리한 사전이지. 네 도움이 필요하다. 혹시 '방학'을 생각하고 있다면 그 전에 다녀오는 게 좋겠다. 작업이 시작되면 중간에는 빠질 수 없을 테니 말이야."

나는 그가 도움을 청한 것만으로도 기쁨에 넘쳐 방학 같은 건 안중에 없다고 대답했다.

클라우스는 기존의 개념들을 무화시키는 작업부터 시작했다. 모든 철학자들이 자기의 철학을 펼치기에 앞서 기존의 개념들을 '정리'하지만 그에게 이 과정은 훨씬 더 과격한 것이 되었다. 어찌 보면 평생 공부해온 세계의 울타리부터 해체하는 일이었고 철학적 종말 상황에 전면적으로 뛰어드는 일이기도 했다.

우리는 '발열 상태'였다. 그러다 과열되었고, 마침내 분열되기에 이르렀다. 때때로 클라우스의 개념은 너무나 길어졌고 알 수 없게 변했다. 열두 개의 언어를 사용해 이론을 개진하는 그를 보고 있으면 각각의 언어와 그 언어를 몰고 온 문화와 철학들에도 불구하고 평정을 유지하는 것이 놀라웠다. 저 많은 지식을 부수고 통과하면서 어떻게 그는 무사할 수 있을까.

나는 스승의 야망에 복종하기 위해 텃밭에서 일하는 최소한의 시간을 제외하고 온종일 작업에 몰두했다. 다음 날 그가 읽을 책들을 준비해놓는 것만으로도 반나절이 지나갔다. 일이 늘고 잠이 줄자 림보를 헤매는 것처럼 온종일 몽롱한 상태에서 벗어날 수 없었다. 결국 불면증이 생겼고, 점점 심해졌다.

깊은 잠과 완벽한 휴식. 오직 바라는 것은 그것뿐이었다. 고뇌도 어려움도 없이 잠에 푹 빠져드는 십 분, 아니 오 분을 누릴 수 있다면 얼마나 좋을까? 어렵사리 수면제를 처방받아 잠들어도 가짜 휴식으로는 풀리지 않는 피로 때문에 분노가 치솟았다. 낮잠 자는 사람을 보면 주먹을 날리고 싶을 지경이었다. 죽지 않는 나날에 불면증이라니. 그렇지 않아도 길어진 시간을 배로 늘린 셈이 아닌가.

에디, 혹은 애슐리는 불면증이 생기기 전까지는 전혀 관심 밖의 사람이었다. 첫인상부터 야릇해서 나와는 공통점이 없으리라 생각했던 것이다. 어느 날은 남자처럼, 어느 날은 여자처럼 차려입었는데 둘다 잘 어울렸다. 온순한 이목구비에 작고 마른 몸이라 성별을 바꾼 차림에도 위화감이 들지 않았지만 괴짜임이 틀림없다.

가까워진 계기는 단순했다. 모두가 잠든 깊은 밤, 불이 켜진 숙소는 에디와 내 방뿐이었기 때문이다. 낮에는 일과 작업이 있지만 막막히 펼쳐진 밤은 너무나 괴로웠다. 생각의 촉수는 밤사이 속수무책으로 뻗어나갔고 몇 개가 엉켜 복잡한 다

발을 만들었다. 생각이 다발을 이루는 것은 질색이다. 그 무거운 망치가 내 머리를 내리칠 때까지, 다시 말해 지쳐 나가떨어질 때까지 쓸모없는 생각을 멈출 수가 없기 때문이다.

그런 면에서 에디와 친해진 건 숨통이 트이는 일이었다. 불면증 환자인 데다 수다쟁이인 에디. 잠이 오지 않는 새벽, 세 시나 네 시에 언제든 긴 수다를 들려줄 친구가 생긴 일은 얼마나 다행인지 몰랐다.

에디는 다양한 젠더를 실험하고 있었다. 다른 젠더로 갈아입을 때마다 불면과 과수면 상태를 번갈아 드나들었다.

"오, 나는 변신과 변신 사이에 잠을 자. 그때는 과수면 상태야. 젠더를 옮겨가는 데 드는 기회비용이라고 할까. 변신을 완료하면 그때부터는 슬슬 불면증으로 돌아와. 불면증은 유전이기도 하고 내력이 오래되어서…… 난 뭐 이 상태에 적응이 됐는지 이 주기를 오히려 즐기고 있어."

병자가 병을 사랑하면 낫지 못하는 법이라던데, 그가 꼭 그랬다. 화려한 젠더 편력에도 불구하고 현재 가장 큰 특징은 나와 같은 불면증 환자라는 것이라고 강조했다.

"생물학적으로는 남자로 태어났지. 정말 힘들었어. 아버지한테 대들 엄두를 내지 못하는 착한 아들이었거든. 부모님 생전에는 남자로 살아야 했어. 그러다가 새 세상이 온 거야. 아무도 죽지 않는 세상이 왔는데 언제까지 남자의 몸으로 살 필요는 없잖아? 드디어 집을 나왔고 수술을 받기로 결심했지.

수술을 받은 다음에 첫 증상이 나타났어. 잠이 계속 쏟아지더군. 아무리 많이 자고 일어나도 다음 날 저녁이면 눈을 뜰 수 없게 졸음이 쏟아졌어. 여성이 되고 보니 남자들이 전처럼 매력적으로 느껴지지 않았어. 한동안 즐겁게 살았지만 불면증이 다시 돌아왔어. 결단을 내리고, 잠이 쏟아지고 그다음엔 뭐, 여자로서 여자를 사랑하게 되었지. 그러니까 나는 게이가 아니라 레즈비언이었던 거야. 어떤 여자와 결혼까지 했으니까.

거기에서 만족하면 좋았겠지만…… 죽지 않는 인간이 한 가지 성으로만 살아간다는 것은 부

자연스럽지 않아? 게다가 어떤 여자도 아이를 낳지 못하는 지금은 출산으로 여성성을 증명할 수도 없잖아. 여자도 없고 남자도 없고 완전 해방이지! 마음먹기에 따라 젠더를 할로윈 의상처럼 고를 수도 있어. 남자로 십 년 살고 게이로 십 년, 트랜스 여성으로 십 년, 레즈비언으로 십 년, 안드로진으로 십 년, 바이, 팬, 멀티로 십 년, 이런 식으로 젠더를 바꿔서 살아보는 것은 자기에게도 훨씬 많은 기회를 주는 거잖아. 여행을 떠나 낯선 곳에서 다른 사람이 되어보는 것처럼."

"연애를 얼마나 해본 거야?"

"시작은 잘해."

활발하게 말하던 에디는 시무룩한 표정을 지었다.

"내가 정도 많고 보다시피 외모도 나쁘지 않잖아. 나이도 스물다섯, 한창이고…… 하지만 솔직히 말하자면 차이는 게 내 특기야. 누군가와 사랑에 빠지면 약자가 되어 굽실거리기만 한단 말이야."

"그것 참."

"실연이 꼭 나쁘지만은 않아. 하루에 열다섯 시간씩 잠을 자는 나날을 보내고 나면 어느 날 문득 상처에서 회복된 나를 발견하게 되니까. 과수면 상태가 끝날 때쯤이면 다시 건강도 회복하고 사랑을 찾을 준비가 되어 있는 거지.

젠더 폭발 시기에는 과수면과 불면을 오가는 식이었어. 젠더로서 평화를 얻은 지금은 잠 못 이루는 긴 밤만 남았고…… 이상하지 않아? 지금은 별 고민도 없으니 잘 자야 하는데 새벽 네 시에 이런 소리나 지껄이고 있다니."

겉보기에는 열 살 차이가 나지만 에디는 나를 동등한 친구로 대해주었다. 그래서 그런 제안을 할 수 있었는지도 몰랐다.

"에디, 우리 같이 '방학'을 신청하자. 학교를 벗어나면 우리도 잠을 되찾을 수 있을지 몰라."

막상 입 밖에 내고 보니 이것만이 불면의 유일한 해결책처럼 여겨졌다.

"클라우스는 어쩌고? 넌 그분과 사전을 만드는 중이잖아."

나는 솔직하게 모든 것을 털어놓았다.

"작업이 중단된 지는 오래됐어……."

어느 순간부터 클라우스는 책장을 넘기면서도 눈에 초점이 없었다. 하루에 오십 권에서 백 권의 책을 뒤적거리던 사람이 이제는 책이 없으면 아예 머리를 쓸 수 없는 상태로 변해버린 것이다. 클라우스는 책을 펼칠 때만 생각을 했고, 나중에는 책을 보면서도 전혀 생각을 하지 않게 되었다. 이러한 변화를 제때 알아차리지 못한 것은 나 또한 신경이 곤두선 불면증 환자였기 때문이었다. 우리 아버지가 물고기 섬에서 나오지 못하는 것처럼 클라우스는 도서관 밖으로 영영 나올 수 없을지도 모른다는 생각이 들었다. 경고등이 깜박대고 있었다.

"도시에 아는 사람이라도 있어?"

안대를 한 소녀의 얼굴이 언뜻 지나갔다.

"얼마 만에 도시에 온 거야?"

"십 년. 아니 십오 년쯤 된 것 같아."

말해놓고 나니 길게 느껴지지 않던 시간이 이렇게 빨리 지나갔나 싶었다. 학교에 머무는 동안

젊음을 건너뛰고 노인이 되어버린 느낌이었다. 에디와 동행하지 않았다면 밖으로 나올 엄두도 내지 못했을 것이다. 길바닥의 돌멩이조차 나를 노려보는 것처럼 경계감이 들었는데 아무래도 죄책감 때문인 것 같다.

나는 클라우스에게 제대로 된 인사말도 남기지 않고 나왔다. 편두통이 심해져서 며칠간 머리를 좀 식히고 싶다고 말했을 뿐이었다. 클라우스는 책 속에 시선을 고정한 채 눈도 마주치지 않고 "다녀와"라고 대꾸했다. 머리카락이 빠져 두상이 훤히 들여다보이는 그를 내려다보자 미칠 듯이 혐오스러웠고 한편으로 연민이 들었다. 결국 그만의 방식으로 쇠퇴하는 중이었고 나는 달아날 수밖에 없었다.

십오 년 만에 와보니 도시는 알아볼 수 없을 정도로 변해 있었다. 상점들, 간판들, 불빛들, 아무것도 남아 있지 않은 채 도시의 껍데기만 부서져 있는 형국이었다.

광장에는 '시체 나무'와 교수대가 설치되어 있었다. '시체 나무'에는 목을 매단 사람들이 주렁주렁 걸려 있고, 교수대에도 역시 주검이 즐비하다.
물론 전부 가짜다. 아무도 죽지 않는 세상에서 죽
음을 흉내 내는 유희. 난교와 폭동에 질려버린 대
중의 최신 유행인 모양이다.

대로에는 여전히 퍼레이드가 진행 중이었다.
원색 천들을 휘감은 사람들이 익살스러운 노래를
불러대며 소녀를 의자에 태워 행진을 하고 있었
다. 장식물을 매단 의자 위에는 여왕처럼 화려하
게 치장을 한 소녀가 앉아 있다. 행렬이 우리 앞
을 지나는 순간 의자에 앉은 사람과 눈이 마주쳤
다.

맙소사.

내 눈이 나를 속인 게 아니라면 군중들이 여신
처럼 떠받드는 소녀는 아는 얼굴이었다. 아무것
도 모르는 에디가 가만히 서 있는 내 소매를 잡아
끌었다.

"남쪽 거리로 가보자. 오랜만에 도시에 왔으니
몸을 풀어야지. 그쪽에 가장 화끈한 가게들이 있
다는데."

중독자들을 끌어들이던 펍들은 '고문실'로 바꿔어 있었다.

고문실에 들어간 손님들은 다양한 도구를 이용해 신체를 훼손할 수 있다. 살인자와 피해자라는 역할극을 하며 번갈아가며 상대를 유린하고 비명을 질러댔다. 고문실은 한결같이 지하에 있는데 들어가면 종업원이 다양한 길이와 종류의 칼, 바늘, 밧줄, 총과 망치, 전기 도구들이 적혀 있는 메뉴판을 가져다준다. 종업원은 손톱을 뽑는 도구 중 중세의 교회 열쇠가 가장 유행이라고 귀띔해주었다.

나는 구경만 하고 나왔지만 에디는 기꺼이 실험에 몸을 맡길 준비가 되어 있었다. 한 시간 뒤에 데리러 가보니 에디는 성한 데라고는 없이 피칠갑을 한 채였다. "으, 끝내줘." 넝마처럼 변한 살점은 붕대로 감겨 있었지만 피가 계속 배어나왔다.

"고통이 없어?"

"고통스러워. 정말 아팠어. 이게 왜 유행인지 모르겠어. 세상이 어떻게 되려고. 말세야 말세."

에디는 늙은이처럼 혀를 쯧쯧 차더니 "졸려"라
는 말을 남기고 깊은 잠에 빠져들었다.

일주일 후, 기력을 회복한 에디는 어디서 주워
왔는지 광고 전단지 하나를 펄럭이며 숙소로 돌
아왔다. 전단지에는 건장한 근육질의 남자가 사
자에게 한쪽 팔을 뜯어 먹히는 사진이 들어 있었
다. '맹수에게 먹이를 주지 마시오!'라는 굵은 글
씨 아래 시간과 장소가 적혀 있다.

"요새 가장 핫하다는 공연이래. 맹수한테 잡아
먹히는 인간을 생생하게 보여주는 거야. 로마 검
투사처럼."

"사진만 봐도 끔찍한데."

"관중석으로 사자가 난입하는 일은 없을 테니
안심해도 돼. 그러니까 투우 같은 거지. 가보자.
응?"

줄기차게 졸라대는 에디의 등쌀에 못 이겨 노
천극장으로 향했다. 돌계단마다 많은 인파가 빽
빽이 들어차 있었다. 물병을 든 사람들 위로 변치
않는 여름 해가 내리쬐고 있었다.

뿔나팔 소리가 울리자 운동장에는 남자가 먼저

들어왔다. 오십 대 초반으로 보이는 남자의 육체는 기름을 먹인 것처럼 윤이 났고 근육으로 팽팽했다. 로마시대 검투사를 흉내 낸 코스튬이 유치해 보였지만 관중의 갈채는 우렁찼다.

이윽고 사자 우리의 문이 열렸다. 커다란 갈기를 단 사자가 어슬렁거리며 모습을 드러내자 노천극장의 공기가 팽팽하게 부풀었다. 검투사는 허리를 숙여 엉겨 붙을 준비를 했다.

검투사는 쇠도리깨처럼 생긴 무기를 빙빙 돌려 사자의 어깨에 한 방 먹였고 가장자리를 돌던 사자는 움찔해 돌아섰다. 함성이 고조되는 가운데 사자의 이빨과 남자의 단도가 태양 빛을 받아 번쩍였다.

절정은 빠르고 간단했다. 사자가 검투사의 목을 단번에 물어 빙빙 돌리다 던져버린 것이다. 핏줄기가 분수처럼 치솟았지만 남자는 아직 죽지 않았다. 관중들이 박수를 치며 남자의 살점이 사자의 입속으로 들어가는 것을 지켜보았다.

관중들의 잔혹한 흥분은 즐겁게 고문을 당하는 사람들과 닮아 있었다. 사자의 이빨에 갈기갈기

찢어지는 육체. 저 검투사는 무엇을 욕망하는 것일까? 사자의 이빨에 뼈가 으스러지는 대가로 부와 인기를 누리는 것? 육체에 최대의 공포를 부여하는 것? 저 정도의 '쇼'를 하려면 얼마나 단련을 해야 하는 것일까. 이 사람들에게는 고통과 쾌락이 다르지 않은 모양이다. 맹수에게 걸어가는 검투사의 행동이 용기인지 절망인지 구분되지 않는 것처럼.

나는 사자의 머릿속도 궁금해졌다. 사자는 입 안에서 씹히는 고깃덩어리가 되살아난다는 것을 알고 있을까? 포식자와 피식자로서 그들은 종을 뛰어넘어 한 쌍의 커플이 되어 있었다. 어쩌면 검투사는 사자에게 간식을 줄지도 모른다. 원기를 회복해 다음 공연에서 더욱 잔인하게 자신을 물어뜯을 수 있도록.

공연이 끝나자 자극으로 타오르던 사람들 눈에도 불이 꺼졌다. 다시금 권태의 무거운 옷을 입고 계단을 내려가는 관중들은 쓸쓸해 보였다.

충격이 가시지 않은 에디와 나는 관람객이 다 빠져나가도록 계단에 앉아 있었다. 뒤늦게 밖으로 나오자 누군가 어깨를 툭 쳤다.

"왜 이렇게 늦게 나와?"

한쪽 눈으로만 생글생글 웃는 아야. 잘못 본 게
아니었다.

나는 눈을 비볐다.

기억이라는 나만의 공간에서 숱하게 그녀와 만
나왔음에도 다시 만날 순간을 위해 꺼낼 말들은
모조리 혀에서 증발하고 말았다. 오히려 소개해
달라고 호들갑을 떠는 에디가 나보다 먼저 인사
를 나누었을 정도다. 우리는 물이 나오지 않는 분
수대로 자리를 옮겼다.

"왜 한 번도 오지 않았어?"

나는 내 목소리가 화난 것처럼 들리지 않기를
바라면서 겨우 물었다. 가벼운 어조로 말하고 싶
었지만 반가움과 분노로 범벅이 되어 무척 딱딱
한 투였다.

"나, 가본 적이 있어. 두어 번. 도서관 창문 너머
로 몰래 지켜봤는데 넌 무척 즐거워 보였어. 그즈
음에 여러 일을 한꺼번에 겪었는데 그 모습을 보

니 좀 약이 오르는 기분이라고 할까……. 그래서 면회도 안 하고 돌아와버렸지. 그 후로 생각보다 시간이 금방 흘러가버렸어."

"내가 학교에 있는 동안 넌 어떻게 지낸 거야?"

"처음 몇 년은 파티만 한 것 같아. 호수에서 벌인 거품 파티가 가장 좋았는데 그 짓만 해도 영원히 할 수 있을 것 같더라니까. 그러다 마음 맞는 친구들과 페스티벌을 꾸리고 다녔어. '어른을 위한 외설스러운 파티용품점' 이런 이름으로 가게도 차려보고. 난 애꾸라 그런지 항상 인기가 많았어."

아야는 사막의 황폐함에 잘 적응했듯 도시의 퇴폐적인 흐름에도 아주 잘 적응한 것 같았다. 그러고 보니 입고 있는 옷도 그렇고 분위기가 미묘하게 달라져 있었다. 유목민 소녀에서 세련된 히피 소녀로의 변신이라고 할까.

"즐겁게 지낸 것 같네."

"그래. 하지만 네가 왔잖아. 슬슬 떠나야겠지."

아야는 자연스레 우리와 함께 지낼 것을 암시했다. 나는 놀라움을 금치 못했다.

"난 이방인이야. 그리고 난 그 이방인이라는 신분을 소중하게 여기고 있어. 이곳은 너무 친숙해져서 떠날 때가 됐어. 게다가 너와 나는 이렇게 텔레파시가 통하잖아! 떠날 때가 됐다고 생각하니까 네가 짠, 나타났어. 그게 떠날 때가 됐다는 증거야."

아야는 말도 안 되는 소리를 늘어놓으며 깔깔 웃었다. 그러고는 팔목에 주렁주렁 걸고 있는 팔찌를 빼서 에디에게 선물했다. 에디는 구슬 팔찌가 내는 가벼운 마찰음을 들으며 좋아했다.

"이 팔찌들을 하고 있으니 당장 애슐리가 되고 싶다!"

다음 날, 여자 복장을 한 에디와 아야는 나와 함께 떠났다.

5장
가을과 겨울의 도시들

우리는 숲으로 갔다.

그곳은 버려진 아이들의 나라였다.

아야와 애슐리(지금은 여자였다)와 나는 소돔과 같은 도시를 벗어나기로 했다. 더 이상 텅 빈 눈동자들과 마주치고 싶지 않았다.

국경에 도착해 보니 예상대로 검문소 건물만 남아 있을 뿐이다. 우리는 이웃 나라에 있는 울창한 숲을 찾아 먼 길을 떠나온 것이다.

한때 국립공원이었던 이 숲은 방치된 지 오래였다. 그런 곳에서 경계심 없이 낮잠을 자버린 것이 문제였을까. 눈을 떠보니 가방은 사라지고 팔은 묶여 있었다.

'난쟁이들인가?'

어른 키의 절반밖에 되지 않는 약탈꾼을 보고 처음에는 이런 생각이 들었다. 나중에 복면 벗은 얼굴을 보니 키도 덩치도 제각각인 아이들이었다. 네 살부터 열한 살까지, 나이도 다양했다. 대략 스무 명 정도의 꼬마들이 올망졸망 우리를 에워쌌다.

"너희들, 뭐 하는 거니?"

애슐리는 우리를 꽁꽁 묶은 이 작은 도둑들을 향해 어이가 없다는 듯 물었다. 맨 앞에 서 있던 개중 키가 큰 남자아이가 그녀의 정강이를 세게 걷어찼다. "아야야!" 애슐리는 몹시 아파하며 끙끙거렸다.

"내 이름은 핍 무디, 얘는 내 동생 마가렛 무디야. 잘 들어. 우리 구역을 지나갈 때는 마땅한 통행세를 내야 하는 거야. 그렇지 않으면 나무에 매달아놓고 물 한 방울 안 줄 테다."

빈말이 아니라는 듯 남자아이는 숲 너머를 가

리컸다. 높은 나무에는 탈피를 기다리는 곤충의 고치처럼 매달려 있는 희생자의 실루엣이 보였다.

"원하는 게 뭔데? 우린 가진 게 별로 없어."

우두머리 핍은 영리하고 다부져 보였다. 그가 눈짓을 하자 작대기를 내려놓은 꼬마 둘이 재빨리 우리의 배낭을 털어 쓸 만한 것을 챙겼다.

"진짜 별것 없네. 개털이에요, 대장."

"물건이 없으면 몸으로 때워야지."

핍이 밧줄을 가져와 우리의 발목부터 무릎을 칭칭 감았다. 그러고는 상체를 묶은 밧줄은 풀어 주었다. 우리는 두 다리가 붙은 것처럼 우스꽝스러운 모양새로 이게 다 무슨 일인가 하는 표정을 지었다.

핍이 무리 중 가장 어린 네 살 꼬마를 데려왔다.

"안아줘."

단호한 명령이 떨어졌다.

"못 들었어? 안아주라니까. 안 그러면 콱!"

핍은 윗입술을 끌어 올리고 얼굴을 찡그리며

사나운 표정을 지었다. 이것 봐라. 솜털도 가시지 않은 꼬마들이 대체 뭘 원하는 거지?

애슐리는 시키는 대로 꼬마를 품에 안았다. 아이는 애슐리의 품에 쏙 들어갔다. 두 눈까지 꼭 감은 채 행복한 표정이었다.

"그다음엔 이 애를."

이런 식으로 애슐리는 아이들을 하나씩 안아주기 시작했다. 핍은 입술을 꾹 다문 채 차례차례 이어지는 허그를 지켜보았다. 줄을 선 아이들이 흥분을 이기지 못하고 소리쳤다.

"안아줘! 안아줘! 안아줘! 안아줘!"

나중에 알고 보니 이들은 부모가 버린 아이들이었다. 원래부터 고아인 애도 있지만 대부분 광기에 빠진 부모가 방치하거나 유기한 경우다.

폭력과 강간이 횡행하는 어른들의 마을을 떠나 숲에 자리를 잡은 핍의 무리는 저절로 생겨난 아이들의 학교, 아니 아이들의 왕국이었다. 버려진 아이들이지만 표정은 밝다. 노는 것은 일이고 생존이고 존엄이고 자기 확신인 곳에서 아이들은 네버랜드의 피터 팬처럼 유유자적하게 지내고 있었다.

아이들은 다른 세상을 모르기 때문에 정지된 백 년을 태연히 받아들일 수 있었다. 죽음은 고사하고 산다는 개념도 인지하기 전이니 딱히 불행하지도 않다. 골치 아픈 문제들이야 어른들의 것이지 아이들의 것이 아니기에 하루하루 즐겁게 지내면 되는 것이다. 긴 세월, 자라지 않는 아이들은 들개 무리처럼 자기들끼리 잘 버텨왔다.

다만 하나 해결되지 않은 것이 어린 동생들의 애착이었다. 엄마만은 약탈할 수 없었다. 그래서 이따금 어른 여자를 보면 이런 식으로 허그를 강요하는 것이다.

애슐리는 이 사연을 듣고 눈물을 쏟았다. 엄한 아버지에게 맞고 자란 애슐리는 버려진 아이들에게서 자신의 어린 시절을 보았다. 애슐리는 기꺼이 핍의 요구를 들어주었다. 애슐리처럼 끈기 있고 웃음을 잃지 않는 보모는 없을 것이다.

애슐리는 남성복과 여성복 모두 어울렸던 사람답게 아빠 노릇도, 엄마 노릇도 골고루 잘했다. 자기 몸을 아이들의 놀이기구로 간단히 변신시

킬 줄도 알았다. 아이들이 졸졸 쫓아다니는 것이 오히려 그에게 힘을 주고 만족을 주는 것 같았다. 온종일 아이들과 놀아주고 밤이면 꿈 없는 깊은 잠에 빠지는 애슐리는 어느 때보다 활력이 넘쳐 보였다.

우리는 아이들을 따라 나무에 올라가기도 하고 땅바닥을 파헤치며 매미 허물을 찾으러 다니기도 했다. 풍뎅이를 터뜨리며 놀기도 하고 열매를 모아 주스를 만들기도 했다.

아이들이 낮잠에 빠져드는 오후에는 아야와 손을 잡고 산책을 했다.

나쁜 기운을 쫓아낸다는 하얀 능소화 꽃을 꺾어 냄새를 맡았다. 우리는 나무 아래 나란히 누웠다. 나는 셔츠 속으로 손을 집어넣어 아야의 작은 젖가슴을 만졌다.

"참제비고깔의 파란색이 특히 예쁘네. 토끼의 저 동그란 솜털 꼬리 좀 봐. 털로 된 손전등 같지 않아? 난 숲이 좋아. 이곳의 모든 것이 생명력에 가득 차 있어."

하지만 내 생각은 달랐다.

"이 숲은 사실 난자 없는 자궁이나 다름없어. 나뭇잎이 아무리 초록색 손을 흔들어도 붉고 노랗게 변하지 못해. 꽃들은 씨앗 하나 품지 못하지. 내게는 나뭇잎이 비명을 지르는 것처럼 보여. 꽃들의 향기는 한탄 어린 한숨 같아. 토끼들은 필사적으로 달아나려는 중이지. 이곳은 아름답지만 액자 속의 움직이는 그림이나 다름없어. 액자 밖으로 나오고 싶어 하는 그림."

내가 회의주의자로 변한 것은 오래전이었다. 평화로운 숲에서 느긋한 시간을 보내자 우울과 두려움이 비로소 고개를 들었다. 인간의 신비스런 모순이 이것이다. 적이 보이는 시기에 자아는 힘을 내서 붕괴되지 않지만 적이 사라지면 급속도로 무기력에 빠져든다. 오랜만에 긴장과 갈등 없는 상태가 되자 오래된 우울이 즉시 나를 차지했다.

아야는 자주 내 기척을 살폈다. 내 눈빛이 흐려지면 주의를 끌기 위해 이상한 소리를 내거나 괴상한 표정을 지었고 그러면 나는 웃어야 했다. 별로 재밌지 않은 농담에도 웃는 사람처럼. 아야는 자주 나를 만졌다. 도시에서 재회한 다음부터 아야는 '몸을 섞는 방법'을 배웠다며 먼저 손을 잡았다.

"어때?"

"좋았어. 정말이야."

백 번쯤 섹스를 했지만 우리는 여전히 어른 흉내를 내는 것 같다. 아무리 '어른 짓'을 해도 모방하는 느낌에서 벗어날 수 없다고 할까. 아야의 몸속으로 들어갈 때마다 이탕카의 하늘 망토가 떠올랐다. 그 부드러운 촉감과 빛나는 무늬들……. "우리는 가장 깊은 단계에서 연결되어 있어", 아야가 내 귀에 속삭였다. 비 그친 숲속에서 불쑥 올라온 버섯을 발견하는 것처럼, 감정은 우리도 모르는 채로 자라났다.

그녀는 나를 사랑했다. 정확하게 말하자면 나의 나약함, 유한성, 그로 인한 슬픔과 이기심, 무엇보다 죽음을 소망하는 그 지점을 사랑했던 것 같다. 인간이 신을 숭배하듯 신 또한 인간에게 감탄할 수 있다는 것은 신비한 일이다.

인간이 사랑을 통해 잠깐이나마 신이 되듯이

그녀는 나를 통해 인간의 감정을 통과했다. 기억이 서서히 돌아오면서 그녀는 조금씩 자신의 조각을 모으고 있었다.

마침내 아야와 나는 떠날 준비를 했다. 갈수록 말수가 적어지고 눈빛이 흐려지는 나를 걱정하던 아야의 결정이었다. 나는 수동적으로 그 결정을 따랐다.

애슐리의 선택은 달랐다. 그녀는 이곳에서 아이들의 '엄마'가 되는 것에 자신의 마지막 정체성을 고정시키기로 했다. 기나긴 우회로를 돌아 온전한 자기 자신을 되찾은 애슐리는 행복해 보였다.

"꼭 가야만 해?"

떠난다는 소식을 알리자 핍은 딱 한 번만 물었다. 서운한 기색이 역력했지만 냉정을 유지하며. 핍은 그래야 했다. 핍은 우두머리였으니까. 스무 명의 가장 노릇을 하는 시간이 이 어른아이를 엄격하게 만들었으니까.

"다음에 또 놀러 와요."

꽃목걸이를 걸어주고 조촐한 송별회를 마친 후 꼬마들이 천진하게 손을 흔들었다. 천진한 아이들의 작별 인사는 숲의 안개처럼 우리를 에워쌌고 돌아서는 아야의 눈에 커다란 눈물방울을 만들었다.

6장

환우換羽

　발 딛지 않은 수많은 땅이 있고 펼쳐진 시간은 아직 끝이 보이지 않았다.

　우리는 원주민들을 찾아다니며 여행을 이어갔다. 그들이 가장 현명했기 때문이다. 나방의 유충을 먹고 꼬리를 잘라낸 다람쥐를 먹었다. 물개의 방광을 먹고, 바다 집시들을 따라 배 위에서만 생활하기도 했다.

　무인도에서 단둘이 지내는 동안 문득 놀라운 사실을 깨달았다. 어깨를 조금 넘기던 아야의 머리카락이 날개 뼈 아래로 내려온 것이다. 그러고 보니 키도 조금 크고 성숙해진 것 같다. 어떻게 그럴 수 있을까? 시간이 흐르지 않는 세상에서는 아무도 성장할 수 없다. 그런데 아야는 명백히 자라고 있었다. 아야가 자란다면 또다시 떠날지도 모른다는 예감이 불쑥 들었다. 길어진 머리카락을 만지고 있으려니 두려움이 밀려왔다.

"너도 애슐리처럼 이름을 바꾸는 게 어때?"

나는 그 애의 이름을 '이슬라'라고 바꿔 부르기 시작했다. 우리는 섬에 있었고, 이슬라는 이곳 사람들이 섬을 부를 때 쓰는 말이었다. 나는 '죽은 자'라는 의미의 '아야' 대신 이 이름이 낫다고 생각했다. 어디서나 이방인처럼 보이는 그녀는 일종의 섬이기도 했다.

섬에서 나와 배를 타고 항구에 도착한 날, 이슬라는 발을 다쳤다. 뻣뻣한 가죽 끈이 발목에 파고드는 줄 모르고 내버려둔 탓이다. 배에서 내린 그 애는 걸을 수 있다고 했지만 나는 등을 돌려 업었다.

항구의 불빛이 찬란하게 보였다. 야시장이 열렸는지 늦은 밤인데도 거리가 환하고 사람들이 북적거렸다.

"정말 근사하지?"

들뜬 나와 달리 이슬라는 별말이 없다. 감탄사처럼 들리는 소리를 냈지만 그건 도시의 아름다움 때문이 아니었다.

보였다. 도시의 높은 벽과 붐비는 인파 사이로 몸통 하나만큼의 '틈'이 불타는 깃털처럼 반짝거리고 있었다. 이슬라가 지나갈 만큼의, 꼭 그만큼의 틈. 불현듯 안대 속의 눈동자가 뜨거워졌다.

이슬라의 기억이 돌아온 것은 나와 재회하고 난 다음부터였다고 한다. 물고기 비늘이 하나씩 생겨나듯 이미지 한 조각, 장면 하나로 시작된 기억들이 돌아왔다. 아이들과 지내면서, 여름 정원에서, 우리가 몸을 섞을 때마다 기억은 속수무책으로 회복되고 있었다.

그러나 아직 그 이야기는 나에게 털어놓지 않은 상태였다. 검은 안대 역시 안전하게, 아야의 권능을 감추고 있었다.

기억의 역습으로 인해 이슬라는 밤새 잠을 이루지 못했다. '죽음을 낳는 자궁'으로서의 기억. 이것은 우리가 헤어지기 얼마 전에야 들은 이야기다.

이슬라의 기억

이슬라가 행복하던 시절에 세상은 작고 좁았다. 사람들은 원을 이루어서 살았다. 삶은 그날그날 선물받은 깨끗한 수건과 같았다. 사람들은 제 몫의 삶을 살고 그 수건으로 얼굴과 목을 닦은 다음, 잠이 들었다. 생의 마지막 날에는 죽음의 여신 이슬라가 낳아준 자식을 받아들였다. 이슬라는 공평했다. 단 하나의 예외도 소홀함도 없이 모든 생명에게 골고루 죽음을 낳아주었다. 당나귀에게는 당나귀의 죽음을, 여우에게는 여우의 죽음을, 가시벌레에게는 가시벌레의 죽음을, 사람에게는 사람의 죽음을. 이슬라가 죽음을 낳지 않으면 아무도 죽을 수 없다.

뱀이 속삭이기 전까지 아무 일도 일어나지 않았다. 무사태평한 세계는 신의 은총 속에 잠겨 있었다.

이슬라가 동굴에서 몸을 풀 준비를 하고 있었다. 몸이 무거운 뱀 하나가 천천히 입구로 기어 들어왔다. 아래에서 피가 비쳤다. 팽팽하게 부푼 비늘이 임박한 출산을 짐작하게 했다.

이슬라는 마음이 아팠다. 자기 배 속의 태아들이 다

름 아닌 새끼 뱀들의 죽음이기 때문이다. 저 뱀은 알을 낳을 것이다. 그러나 나쁜 공기로 인해 하나도 부화하지 못할 것이다. 새끼들은 알 밖으로 나오지 못한 채 죽을 운명이었다.

"안 돼요."

뱀의 긴 혀가 공중으로 풀려나왔다.

"이번에는, 절대로 안 돼요."

이슬라는 말문이 막혔다. 하찮은 미물이 자신에게 '안 된다'라고 명령하는 것이 놀라웠기 때문이다.

"보세요. 내 아이들이 곧 태어날 거예요. 그런데 당신이 낳은 그 많은 자식들은 어디 있죠? 당신은 매번 임신을 하고 출산을 하는데 자식이라고는 한 명도 없어요. 얼마 못 가 제 어미 배 속으로 되돌아갈 '죽음'뿐이니까. 당신은 죽음을 낳는 자궁에 불과해요. 새끼 잃은 모든 어미의 저주를 받아 마땅한 존재라고요."

그때까지 이슬라는 아무런 의지도 감정도 없었다. 그러나 이 뱀이 전능한 백치, 이슬라에게 진실을 일깨워주고 있었다. 이슬라는 멍청하게 되물었다.

"왜 나를 미워하나요?"

"당신이 내 자식들을 죽였으니까. 당신이 내 첫째

를 알 속에서 죽였고, 둘째를 새에게 먹히게 했고, 셋째를 허물을 못 벗는 피부병에 걸리게 했으며, 넷째를 다른 뱀에게 통째로 잡아먹히도록 했으니까요. 나는 자식들의 죽음을 똑똑히 보았고 누구 짓인지를 알기 위해 온 세상을 기어 다녔어요. 그러다 마침내 쥐새끼처럼 숨은 폭군을 찾아낸 것이죠."

"하지만 이건 내 뜻이 아니에요."

이슬라는 비참하게 읊조렸다. 자신은 신의 도구일 뿐이라는 점을 강조하고 싶었다.

"그렇다면"

뱀이 말한다.

"낳아요. 당신 배 속의 빌어먹을 죽음을 싸질러요. 그다음엔 곧바로 내 죽음을 낳아줘요. 두 번 다시 이 고통을 겪지 않도록!"

이슬라는 뱀의 가슴에서 타오르는 증오와 쓰라린 슬픔을 똑똑히 보았다. 뱀의 증오는 갈라진 혀끝을 타고 뚝뚝 떨어져 이슬라에게 스며들었다. 해로운 독을 삼키듯 여신은 뱀의 증오를 받아 마셨다. 전신으로 독이 퍼졌다.

이슬라는 처음으로 죽음을 사산했다.

그것이 마지막이었다. 더 이상 이슬라의 자궁이 부풀어 오르는 일은 없었다.

그전까지 이슬라는 세련된 기계와 비슷한 신이었다. 그녀가 신으로서의 작동을 멈춘 것은 뱀의 증오 때문이었다. 아니 뱀의 지혜라고 불러야 할까. 이브에게 선악과를 권하던 동족처럼 새끼들의 죽음을 연거푸 겪은 뱀이 이슬라에게 진실을 일깨워주었다. 그녀는 신에 의해 착취당하는 처지이며, 애도를 멈출 수 없는 모든 생명이 저주하는 존재라고 말이다. 이슬라는 그 말을 깊이 흡수하여 스스로 유폐되었다.

이슬라가 죽음을 낳지 않자 세상에 죽는 존재는 없었다. 죽음이 도착하지 않는 시간은 신의 농담 같은 것으로 변했다.

시간이 흐르지 않는다.

세상이 변하지 않는다.

소년은 소년인 채로, 소녀는 소녀인 채로, 노인은 노인인 채로, 아무도 자라거나 늙지 않는다. 어미 뱀만이 자라지 않는 새끼 뱀들과 행복하게 뒤엉켜 있다.

모두가 영겁의 시간 속에 붙박여 있다.

"그러다 세상에 온 거야?"

"응."

"왜?"

"궁금했던 것 같아. 어미 뱀이 그토록 새끼 뱀에게 주고 싶어 한 생이라는 게 무엇인지. 살아있는 게 어떤 느낌인지."

인간이 된 다음에 이슬라는 여신으로서의 기억을 전소시켰다. 죽음을 수태하는 동굴도 완전히 잊어버렸다.

"하지만 이제는 거리를 걸을 때마다 '틈'이 보여. 그 틈을 어떻게 하면 될 것 같아."

처음에 이 이야기를 들었을 때, 물론 나는 하나도 믿지 않았다.

헤어져 있던 시기 내가 허무주의에 빠진 것처럼 이슬라 역시 신화 혹은 망상을 캐온 것이라고 생각했다. 솔직히 말하자면 그 애가 제 정신이 아니라고, 그도 이상한 일이 아니라고 여겼던 것 같다. 그래서 "죽음이 인간에게 꼭 필요한 걸까?"라고 이슬라가 물었을 때 "당연하지."라고 심드렁하게 대답했다.

"만약에…… 죽음이 돌아오면 우리는 영원히 헤어지게 되는 날이 오잖아. 그래도?"

"영원한 건 결국 익사하게 되어 있어. 넌 이 세계가 얼마나 갈 것 같아? 다들 우리 할아버지와 아버지, 클라우스처럼 자기만의 무덤을 찾게 될 거야. 영원에 지쳐서 말이야……. 거리에 쓰레기처럼 굳어진 사람들 봤어? 산 것도 죽은 것도 아닌 유사 죽음 상태의 쓰레기들. 어떤 인간도 영원을 견뎌낼 순 없다는 증거들이지. 유사 죽음은 늘어나고 제정신인 인구는 점점 줄어들고…… 그러다 멸종하게 될 거야.

물론 난 너와 헤어지고 싶지 않아. 마지막 장면이 뭐가 될지 모르지만 끝까지 네 손을 놓지 않을 거야."

이런 말은 그녀에게 아무런 위안도 주지 않았다. 그런데도 나는 계속, 계속 떠들었다.

무한의 인간은, 무한을 이길 수 없다. 오직 유한한 인간만이 무한에 대해 상상할 수 있다. 천장도 바닥도 없는 허공에 떠 있는 것은 결코 자유가 아니다. 땅에서 태어난 인간은 하늘로 돌아가야 한다. 하지만 죽음을 박탈당한 우리는 죽음과 비슷한 것들만 찾다 소모될 것이다. 그러다 공회전을 멈추면 그게 우리의 죽음이 될 것이다.

"요즘 내가 몰두한 생각이 뭔 줄 알아? 더 나빠지기 전에 세상에서 가장 아늑한 관을 구해 눕고 싶어. 관 뚜껑이 닫힐 때까지 네 눈을 들여다보고 싶어. 안대를 풀어주고 너의 눈에 입맞춤하고 싶어."

그런 소리를 쉴 새 없이 떠들었을 때 이슬라는 눈물을 흘렸다.

그토록 찾던 죽음이 등에 업혀 있는 줄도 모르고 땀을 흘리며 걷고 있는 내가 안쓰러웠다고 했다. 그 애가 내 목을 만져본다. 등줄기도 쓸어본다. 문득 낮에 마신 박하차가 떠올랐다. 뜨거운 차 안에서 녹아버린 각설탕의 모습.

'각설탕처럼 네 몸에 녹아들어가면 어떨까. 내가 누군지 알게 되면 너는 나에게 사랑 대신 죽음을 원하게 될까?'

이런 생각이 들자마자 머리를 흔들었다. 자신은 신도 아니고 아직 능력을 회복한 것도 아니니까, 열다섯 소녀에 불과하니까 좋아하는 남자아이와 좀 더 같이 있고 싶다고 말이다. 그때 내가 말을 걸어서 놀랐다고 했다.

"왜 그래?"

"뭐가?"

"우는 것 같아서."

이슬라가 내 어깨와 목의 오목한 부분에 고개를 묻는다. 눈물방울이 옷 속에 스며 소년을 해치는 상상을 한다. 그러자 자신이 치명적인 독으로 만들어져 접촉만으로도 생명을 거둬갈 수 있는 존재처럼 여겨졌다. 이런 류의 전능함은 절망에 가까웠다.

이슬라의 상처가 다 나은 다음 우리는 항구도시의 이곳저곳을 산책했다. 변함없는 시간 속에서 변한 것은 이슬라의 내면뿐이었다. 나를 포함해 어떤 인간도 눈치채지 못하는 동안 이 세계는 서서히 몸을 뒤틀고 다음 세상으로 건너갈 채비를 하고 있었다. 이 세상, 삼라만상에 스며 있는 '섭리'라는 보이지 않는 신, 그 전능한 입자가 우리의 갈 곳을 정해놓았다. 만물을 접어놓으면 신,

신을 펼쳐놓으면 만물이라고 했던가. 접힌 페이지에는 계시가 마련되어 있었다. 그래서 우리는 그곳으로 갔다.

시장에 간 우리의 눈에 신기한 물건이 하나 들어온다. 새를 파는 남자가 사람들을 끌어모으고 있었다. 새들이 지저귀는 소리를 듣다가 이슬라는 뒤쪽에 따로 둔 물건을 발견했다. 검은 천으로 덮어둔 새장이었다.

"그건 파는 물건이 아닌데."

상인은 손을 내저었다.

늙은 새를 인위적으로 털갈이 시키는 중이라고 했다. 이런 것을 '강제 환우'라고 하는데 털빛도 안 좋고 알도 낳지 못하는 새들에게 종종 사용하는 방법이라는 것이다.

"강제 환우요? 그걸 하면 건강해지나요?"

"잔인한 것 같아도 효과는 좋아. 검은 천으로 새장을 덮어서 보름 정도 빛을 차단하지. 그동안 서서히 먹이를 줄이다가 나중에 완전히 끊어버리는 거야. 빛도 못 받고 먹지도 못하면 새들의 몸에서 털이 다 빠져버리거든. 그렇게 죽지 않을 만큼만 시간을 끌다가 먹이를 주면 눈부신 새 깃털이 나온단 말이야. 알도 다시 낳을 수 있지. 그렇게 낳은 알들은 두껍고 튼튼해서 태어난 새끼들도 아주 건강하단다."

나중에 이슬라는 상인의 말을 자신에게 그대로 적용하게 될 것이다. 검은 천으로 창문을 가린 방에서 사십 일을 지내며 음식을 전혀 먹지 않을 것이다. 제발 열어달라고 문을 두드려도 들여보내주지 않을 것이다. 암흑 속에서 죽음을 낳는 자궁으로 돌아갈 몸을 만들 것이다…….

모두 나 때문이다. 백 년째 사춘기인 내가, 점점 더 염세적으로 변하는 내가, 눈에서 빛이 꺼져가는 내가, 유사 죽음과 아늑한 관을 떠들어낸 내가 그녀로 하여금 이런 결심을 하도록 만들었다.

이슬라가 금식과 명상을 할 거라고 선언했을 때 나는 얼마 못 갈 것이라 생각했다. 하지만 열흘이 지나도 완강하게 버티자 어쩔 바를 모르고 발만 구르다 바다로 달아나버렸다.

수면과 하나가 되어 불안을 가라앉히는 행위.

이 치유법은 그녀가 알려준 것이다. 그때와 마찬가지로 나는 여전히 열다섯의 육체 속에 봉인되어 있지만 내면은 달라져 있었다. 물속에 들어가도 더 이상 세상과 연결되는 감각, 보호받는 감각은 돌아오지 않았다. 가라앉지 않은 불안이 수면 위에 둥둥 떠다녔다.

사십 일이 지나 마침내 방에서 나온 이슬라는 늙고 쇠잔해 보였다. 머리는 하얗게 세어버렸고 볼살은 푹 꺼졌다. 젊음을 건너뛰고 늙어버린 얼굴이었다. 하지만 광장으로 걸어가는 동안 그녀의 굽은 등과 어깨는 쫙 펴졌고, 얼굴에서는 윤이 났다. 피부는 다시 팽팽해졌고 흰머리는 검어졌다. 무엇보다 걸음걸이가 당당해졌다. 나는 그때 바다에 떠 있었기 때문에 모든 것은 나중에 들었다.

분수대를 중심으로 많은 사람들이 앉거나 서서 대화를 나누고 있다. 이슬라는 그중 한 사람에게서 흘러나오는 눈부신 빛의 틈새를 발견했다.

그녀는 힘을 확인해보기로 했다.

이슬라는 왼쪽 안대를 벗고 남자의 틈 한가운 데를 통과한다. 사람들은 투명인간처럼 그녀를 보지 못한다. 남자 또한 자신에게 일어나는 일을 전혀 눈치채지 못하고 있었다.

여신이 남자의 몸을 천천히 통과한다.

반으로 토막 난 머리, 동맥, 심장, 내장과 콩팥, 성기의 단면이 생생하게 보인다. 육체는 복잡하게 얽힌 파이프의 난교처럼 보인다. 느리게 흘러가는 백혈구 하나까지도 선명하게 이슬라에게 전해진다. 그녀의 자궁은 이제 막 들어선 생명으로 뜨거워지고 있다.

이슬라는 천천히 남자에게서 걸어나왔다. 첫 번째 죽음을 가득 임신한 채.

임신에 성공한 여신은 충족감을 즐기고 있었다. 비어 있던 자궁의 식욕은 그치지 않아 이슬라는 수많은 몸들을 통과했다. 죽을 때가 지난 육체들이다. 육체를 통과할 때마다 그들의 분노, 두려움, 죄의식, 기쁨, 질투, 환멸로 이루어진 인생이 전해졌다. 그 때문에 인간의 죽음은 격렬하고 다

채로웠다. 모두가 고유한 죽음을 누린다는 점에서 인간은 그녀에게 신처럼 보였다.

이슬라가 지나갈 때마다 죽음이 돌아오고 있었다. 달리 말하자면 영원이 중단되고 시간이 회귀하고 있는 것이다. 잠자는 숲속의 공주가 깨어나자 정지된 성 안의 만물이 움직이기 시작하는 것처럼 견고한 백 년이 무너지고 있었다.

이슬라가 지나간 자리마다 시체들이 쌓여간다. 재난의 천사가 임재해 초토화된 도시처럼 보이는 풍경. 백 년 만에 죽는 사람이 속출하자 사람들은 비명과 환희, 울음을 터뜨렸다.

하지만 다음 날 아침이 한층 찬란해졌다는 것을 누가 부인할 수 있으랴. 죽어야 할 인간, 다시 말해 추한 생명은 모조리 사라졌다. 누렇게 말라버린 나뭇잎을 떼어내고 물을 주자 되살아난 화초처럼 도시에는 생동감이 돌았다. 배수구가 마침내 뚫려서 흙탕물이 다 빠져나간 것 같았다.

여러 밤이 지난 후 이슬라는 내가 기다리는 방으로 돌아왔다. 빛을 가리는 커튼을 모조리 떼어버렸다. 그녀는 빛을 좋아하니까.

나는 도시에서 벌어진 일들을 보았고 이슬라의 말을 믿지 않을 수 없게 되었다. 그러자 그녀의 눈을 똑바로 바라볼 수 없었다.

"어른이 되고 싶어?"

나는 고개를 끄덕이지도, 가로젓지도 않은 채 침묵을 지킨다. 영생을 살아가기에는 적당하나 살아 있는 인간으로서는 석회처럼 굳어지는 중이었다.

"네 마음속 가시가 너무 길게 뻗어버렸어."

이슬라는 손가락으로 어깨부터 심장까지 이어진 가시의 모양을 그렸다. 아직 심장에 닿지 않은 가시. 가시와 심장 사이에 복잡한 감정이 꿈틀거리고 있었다. 생각이 많은 것은 슬픈 일이다. 생각은 밝은 쪽으로 뻗어가지 않은 데다 본능이 했어야 할 일들을 망친다. 나는 침묵으로써 모종의 대답을 했고, 이슬라는 그 말을 아주 잘 알아들었다.

7장

검은 카누

아직 살아 있다.

이제 곧 끝날 테지만.

그 후로의 삶은 이상하리만큼 평범해졌다. 한 바탕의 소용돌이가 있었지만 우리의 입에는 다시 재갈이 물려졌다. '장군'이 나타나서 무정부 상태를 끝내고 그간의 범죄를 사면한 다음 강력한 정부를 수립했다. 권태는 일자리라는 구체적인 고민으로 바뀌었고 새로운 부자와 빈자들이 나타났다. 돈이 세상의 질서를 다시 접수하는 데는 오랜 시간이 걸리지 않았다. 하지만 여전히 많은 사람들이 죽음이 오지 않을 것처럼 살아간 것도 사실이다. 그들은 오래지 않아 자연사함으로써 이 진화 과정에서 도태되었다.

나는 매일 면도를 해야 할 만큼 수염이 자랐지만 많은 일들을 보고 겪은 탓인지 심드렁한 어른이 되었다. 대학에 일자리를 얻었고 은퇴할 즈음 이혼했으며 전립샘비대증과 폐암을 차례로 얻어 투병 중이다. 아무리 의술이 좋아졌다고는 하나 내 삶은 이제 끝이 보인다.

오늘 밤에도 죽은 아들이 찾아와 내 목을 조를 것이다. "고통을 원하는 건 타락이야." 오래전 도서관에서 클라우스는 그렇게 말했다. 죽지 않는 자들이 물리적인 고통으로 정신적인 고뇌를 대체하기 때문이다. 그 말이 이제 이해가 된다. 나는 아들이 주는 고통을 기다리고 있으니까 말이다.

"그렇게 해드리죠."

아들이 내 속엣말을 듣기라도 한 듯 웃으며 다가온다. 이제 그의 얼굴이 내 얼굴로 바뀌며 목을 조를 것이다.

그 대신 누군가 내 얼굴을 쓰다듬는다.

이슬라였다. 슬픈 눈의 이슬라가 목깃을 풀어 내 숨을 편안하게 만들어주고 있었다.

병원 침상에 걸터앉은 그녀를 보자 기분이 묘했다. 나이 차이가 30년 이상 나는 늙은 남편과 젊은 아내처럼 보인다는 생각이 설핏 들었다. 수십 년간 열다섯 살짜리 부부로 살아왔는데 내 어리석음으로 이제야 재회하게 됐구나 싶어 눈앞이 부옇게 흐려졌다. 고개를 떨구자 발목까지 오는 긴 원피스 아래로 코르크를 댄 샌들이 보였다. 그녀는 내 시선을 깨닫고 장난스럽게 말한다.

"오랜만에 인간처럼 차려입었지."

"오랜만에 인간으로 차려입었다고?"

나는 짐짓 귀 어두운 노인처럼 응수한다. 우리는 바보처럼 웃는다. 그녀의 웃음은 아주 먼 바다까지 나갔다가 해안으로 돌아온 파도 소리처럼 듣기에 편했다. 웃음이 가시자 내가 묻는다.

"어떻게 된 거야?"

질문을 던지자마자 나는 대답을 알아차린다. 때가 된 것이다. 이슬라가 나의 죽음을 잉태할 때가. 내 속을 들여다본 듯 그녀가 고개를 끄덕인다.

"사랑해."

이것은 이별의 인사. 이슬라의 밝은 두 눈이 나를 바라보고 있다. 신과 눈이 마주친 인간들은 그 자리에서 절명한다고 하는데, 눈물이 어려 있기 때문인지 나는 아직 살아 있다.

소녀는 소년의 육체 속으로 들어가 그 휘황한 방 안에 잠시 머문다.

이슬라가 내 몸을 통과한 순간, 나는 그녀의 눈으로 그녀가 보는 모든 장면을 볼 수 있게 되었다. 이슬라가 나의 간과 콩팥과 심장 한가운데 난 오솔길을 지나가는 것이 보였다. 좌우의 벽들은 백팔십사 년 동안 작동하던 내 육체의 마지막 움직임이다. 가느다란 엑스레이 광선처럼 나를 통과한다. 그 순간이 지나면 나는 죽은 자로서 인화될 것이다. 그러니 생각을 멈추고 집중해야 한다. 희열, 오로지 희열을 느껴야 한다. 나는 설탕 과자의 희미한 맛을 필사적으로 떠올린다. 달콤한 기쁨과 달콤한 슬픔의 맛.

그 순간 주변 세상이 뒤바뀐다. 우리는 병실이 아닌 사막 한가운데에 있다. 이탕카의 천막 앞에 커다란 모닥불이 피어오르고 있다. 원뿔형의 천막을 보자 마음이 설레기 시작한다. 모든 것이 죽음이 주는 일시적 환영이라고 해도 나는 기꺼이 행복을 받아들인다.

검은 카누에서 내린 이슬라가 걸어온다. 하늘에는 하늘 망토가, 땅에는 검은 카누가, 모래들이 금으로 된 털을 부르르 떠는 거대한 짐승처럼 흔들린다. 그녀가 입을 맞추자 내 안으로 녹아 그대로 스며든다.

이슬라는 고립되었다는 뜻도 품고 있다. 그렇다면 죽어가는 모든 자들은 이슬라다. 섬처럼 고립되어 자기만 갈 수 있는 세상으로 나가야 하니까.

저기, 이슬라의 아이가 온다. 심호흡을 하고, 갈망으로 이루어진 내 삶의 마지막 불꽃과 하나가 될 시간이었다.

'각설탕처럼 네 몸에 녹아들어가기를'

조연정

1

죽기를 바라는 사람은 없다. 아니 정확히 말한다면 인간 누구도 자신의 죽음을 쉽게 상상하지는 못한다. 지금 이 순간에도 다시 돌아오지 않을 시간은 흘러가고 있지만, 24시간의 단위로, 낮과 밤의 무한 교차로, 언제나 반복되는 하루하루의 일상은 우리의 삶이 유한하며 그 유한한 삶에도 끝이 있다는 사실을 대체로 망각하게 한다. 모두에게 일정하지는 않아도 누구에게나 삶의 정해진 유효기간이 있다는 사실을 문득문득 불안하게 실감하게 되는 때는, 아마도 자신의 삶에서 꼭 지키고 싶은 것이 있다는 사실을 자각했을 때가 아닌가 싶다. 죽음은 결국 소중한 것과의 이별일 것이기 때문이다. 나의 죽음은 사랑하는 사람을 잃는 일이기도, 내가 끝내 이루지 못한 무언가를 포기당하는 일이기도, 결국 나 자신과의 작별이기도 하다. 그렇다면 죽기를 바라는 사람이 많아진다는 것은 무엇을 뜻할까. 그것은 삶 속에서 지켜내야 할 소중한 것이 점점 사라지고 있다는 의미이기도 하다.

"백 년 동안의 열다섯"으로 시작하는 김성중의 『이슬라』는 죽음 없는 삶에 대한 이야기이다. 정확히 말하자면 백 년의 시간 동안 죽음이 사라진 사태를 마치 재난처럼 그리고 있는 소설이다. 시계의 시간과 달력의 날짜는 어김없이 흘러가고 있음에도 불구하고 사람들은 죽지 않는다. 임종을 앞두었던 노인은 죽기 직전의 그 상태로, 임신한 여자는 배 속의 아이와 함께, 백 년의 시간을 죽지 않고 살아낸다. 아이들은 태어나지 않고 노인들은 죽지 않고 그 누구도 성장하거나 소멸되지 않는 채로 백 년이라는 시간이 흘러간다. 『이슬라』는 팔십사 세의 나이가 되어 죽음을 앞둔 '내'가 열다섯 살의 나이로 보낸 이 같은 백 년의 시간을 회상하는 이야기이다. 죽음이 없는 백 년의 시간 속에서 인간들은 어떤 삶을 살게 될까.

인간의 수명이 점점 길어지기는 해도 현재로선 인간이 백 년이라는 시간을 거뜬히 살아내는 일이 일반적이지는 않다는 점에서 백 년의 시간은 누구에게나 아득하게 느껴질 수밖에 없다. 그러나 우리가 시간의 흐름을 매순간 인식하며 살고 있지는 않다는 점에서, 그리고 시간의 흐름에 대한 감각이 누구에게나 상대적일 수밖에는 없다는 점에서, 『이슬라』에서 그려지는 '나'의 열다섯 살 백년이 상상하지 못할 시간의 단위는 아닐 수도 있다. 중요한 것은 죽음이 없는 그 시간 동안 누구에게도 삶이 소중하지 않다는 사실이다. 즉 이 소설은 삶에 대한 기대와 실망, 두려움과 책임, 흥분과 열정 등이 모두 사라지고 없는 사태를 그리고 있다고 해도 무방하다. 쉽게 말해 그것은 어떠한 성장도, 미래도, 보람도 불가능한 지독히도 무기력한 삶이다. 그리고 누군가에게는 이 소설이 그려내는 재난에 가까운 이 같은 삶의 양태가 지금의 우리가 살아내고 있는 삶의 모습과 근본적으로 다르지 않다고 느낄 수도 있다. 결국 『이슬라』가 '나'의 팔십사 년의 유한한 삶 속에 "액자소설"(71쪽)처럼 삽입된 백 년이라는 일시적인 무한성을 통해 말하고자 하는 것은, 우리의 유한한 삶 속에 재난처럼 기입된 권태와 무기력과 절망과 슬픔이 대체 어디로부터 기인한 것인지를 생각해보자는 것일 수도 있다. 나아가 이 소설은 다음과 같은 근본적인 질문을 환기하는 듯도 하다. 언젠가 누구나 죽을 수밖에 없다는 죽음에 관한 수동성이, 의미 있는 삶을 살아내고자 하는 인간의 적극적 의지를 애초에 어떻게 만들어낼 수 있었는가 하는 사실 말이다.

2

『이슬라』는 죽음이 사라진 시간 속에 홀로 버

려진 열다섯의 '내'가 '아야/이슬라'라는 소녀를 만나 일종의 모험을 감행하는 이야기로 이루어진다. 단 한 번의 폭우로 인구의 대부분을 잃은 작은 섬에서 할아버지와 아버지와 함께 살고 있던 열다섯의 '나'는 죽음이 없는 삶을 맞이하게 된다. 임종을 앞두고 죽지 못한 할아버지는 자신이 신이 되어 사후의 세계에 살게 되었다는 망상 속에 미쳐가고, 할아버지를 죽여주기 위해 온갖 방법을 강구했던 아버지는 마을의 수호신과 같았던 선인장을 훼손한 죄로 사람들의 모진 고문을 피할 수 없게 된다. 아버지는 "공식적으로 인정받은 죄수"(43쪽)가 되어 죽음이 사라진 세계 속 사람들의 광기를 온몸으로 견뎌내야 하는 일종의 희생양이 되어버린다. 그리고 "나는 완전히 버려"(45쪽)졌다. 어릴 때부터 살아온 물고기 섬을 탈출하여 사막을 홀로 횡단하던 '나'를 죽음과 같은 고통으로부터 구해준 것은 '아야'라는 소녀와 '이탕카'라는 술사이다. 이탕카가 죽음의 카누를 타고 떠난 뒤, '아야'와 '나'의 여행이 시작된다.

죽음이 사라진 시간 속에서 '나'와 '아야'는 다

양한 사람들을 만나게 된다. 그러나 그들은 결국 두 부류의 사람들로 나누어진다. 아무것도 변하지 않는 시간의 무기력을 견딜 수 없어 난동을 부리거나 중독에 빠지는 무리와, 그럼에도 불구하고 일상을 유지하며 공부를 멈추지 않는 무리들이다. 무정부 상태의 도시에서 '나'와 '아야'가 처음으로 마주한 것은 폭도와 중독자 들이었다. 죽지 않는 시간 속에서 이들이 할 수 있는 일이라고는 강한 감정을 폭발시켜 살아 있음을 확인하거나, 중독에 빠져 사라지지 않는 육체 대신 정신을 파괴시키는 일이 전부였다. 그러나 이 같은 감정의 증폭이나 중독 역시 죽지 않는 시간의 권태를 해결할 수는 없다.

도시의 폭도와 중독자 들을 뿌리친 뒤 '나'와 '아야'가 도착한 곳은 도시 근교의 '대학'이다. 이곳에서는 "'멀쩡한' 사람들이 자발적인 공동체를 이루며 살고 있다".(79쪽) 이곳의 규율은 어쩌면 매우 단순하다. "무의미와 싸우면서 스스로를 지켜"내기 위해 모든 구성원들이 "일하고 공부해야 한다"(83쪽)는 것이 그것이다. 그러나 무의미하게 반복되는 시간의 권태가 책을 통해 해소될 리도 만무하다. 그곳에서 만난 '클라우스'라는 학자가 말하듯, 예술과 학문이라는 인류의 모든 문화적 유산이 "유한한 인간이 유한성 밖으로 나가 무한한 세계와 조우"(92쪽)하려 했던 시도의 결과물이라는 점에서, 무한한 시간 안에 놓인 인간에게는 그러한 과거의 예술과 학문이 더 이상 '무의미'를 대체하는 '의미'의 영역으로 기능할 수 없기 때문이다. 완전히 달라져버린 세계에서라면 축적된 기존의 예술과 학문을 통해 새로운 의미를 찾는 것은 불가능하다. 달라진 세계에서는 완전히 달라진 개념과 의미가 필요한 것이다. 도서관에서 하루에 오십 권에서 백 권에 달하는 책을 끊임없이 읽었던 '클라우스'가 결국 새로운 개념을 창조하지 못하고 사고의 마비상태에 이르게 된 것은 어쩌면 당연한 결과일 수 있는 것이다.

무한히 감정을 증폭시키는 폭도들도, 영혼을 파괴시키는 중독자들도, 기존의 사유에 기대 의미를 찾으려 했던 학자들도, 모두 죽지 않는 시간의 권태를 이기지는 못한다. 아무리 달라지려 해도 달라지는 것이 전혀 없는 세계이기 때문이다. 김성중이 그려내는 죽음이 사라진 세계의 모습은 이처럼 재앙에 가깝다. 죽음으로부터 놓여난 완벽한 자유는 사실 무의미라는 더 큰 고통을 가져오는 것이다. 그 무의미한 시간의 공포와 고통과 슬픔을 어떻게 돌파할 수 있을까. 구원은 어떻게 가능할까. 어쩌면 너무나 손쉽고 어쩌면 너무나 당연한 그 해결책을 김성중은 인간과 인간 사이의 애착과 사랑이라고 말하는 듯하다.

3

누구도 죽지 않는 세계에서 유일하게 밝은 표정을 유지할 수 있었던 것은 '버려진 아이들'이다. "노는 것은 일이고 생존이고 존엄이고 자기 확신인"(113쪽) 아이들은, 즉 삶과 죽음의 개념조차 인지하지 못해 특별히 불행할 것도 없는 아이들은, 하루하루 즐겁게 지낼 수 있었다. 그러나 그 아이들에게도 해결될 수 없는 상실감은 있었는데 그것은 바로 길지 않았던 시간 동안에도 강력하게 형성된 엄마와의 애착이다. 죽음 없는 시간의 무료함을 견디지 못해 자신의 성별조차 바꾸어버렸던 '에디/애슐리'는, '대학'이라는 공간을 빠져나와 '나'와 '아야'와 함께 여러 경험을 하게 되지만, 결국 버려진 아이들의 숲에 남아 기꺼이 그들의 '엄마'가 되어주기로 결심한다. 그것이 무의미한 세계에서 의미를 찾을 수 있는 유일한 일이라는 듯 말이다. 김성중이 그리는 이 재앙과 같은 세계 속에서 행복한 표정을 짓는 사람들은 이처럼 특별한 애착관계를 형성하게 되는 엄마와 아이들이 전부다. 죽지 않는 세계에서 역설적으로 살아 있음을 확인하려는 시도는, 극한의 고통으로도, 중독이 주는 흥분으로도, 나아가 책이 전하는 방대한 지식으로도 가능하지 않은바, 결국 누군가와의 강력한 애착을 통해 가능하다는 사실을 『이슬라』는 말하는 듯하다.

'아야', 즉 '이슬라'의 기억 속에서 그녀는 "죽음을 낳는 자궁"(122쪽)을 갖고 있었던 신이다. 백 년 동안 죽음이 가능하지 않았던 것은 이슬라가 죽음을 낳는 기능을 상실했기 때문이다. 이슬라가 죽음을 다시 잉태하게 되고 그로 인해 백 년 동안 불가능했던 죽음을 다시 가능하도록 만든 것, 결국 인간 삶의 의미를 되찾도록 해준 것은, '나'에 대한 이슬라의 사랑 덕분이다.

백 번쯤 섹스를 했지만 우리는 여전히 어른 흉내를 내는 것 같다. 아무리 '어른 짓'을 해도 모방하는 느낌에서 벗어날 수 없다고 할까. 아야의 몸속으로 들어갈 때마다 이탕카의 하늘 망토가 떠올랐다. 그 부드러운 촉감과 빛나는 무늬들……. "우리는 가장 깊은 단계에서 연결되어 있어", 아야가 내 귀에 속삭였다. 비 그친 숲속에서 불쑥 올라온 버섯을 발견하는 것처럼, 우리의 감정은 우리도 모르는 채로 자라났다.

그녀는 나를 사랑했다. 정확하게 말하자면 나의 나약함, 유한성, 그로 인한 슬픔과 이기심, 무엇보다 죽음을 소망하는 그 지점을 사랑했던 것 같다. 인간이 신을 숭배하듯 신 또한 인간에게 감탄할 수 있다는 것은 신비한 일이다.

인간이 사랑을 통해 잠깐이나마 신이 되듯이 그녀는 나를 통해 인간의 깊은 감정을 통과했다. 기억이 서서히 돌아오고 그녀는 조금씩 자신의 조각을 모으고 있었다.(116-117쪽)

죽음을 낳는 자궁을 지니고 있었던 여신으로서의 기억을 망각하고 인간이 되었던 이슬라가 다시 신이 되고자 한 것은, "좋아하는 남자아이와 좀 더 같이 있고 싶다고" 느낀 "열다섯 소녀"(130쪽)의 열망 덕분이다. 결국 『이슬라』라는 짧은 이야기를 통해 김성중이 전하려는 것은, 인간의 실존 자체를 뒤흔드는 무기력과 권태, 나아가 지독한 절망을 이길 수 있는 것은, 갓 피어난 사랑의 힘이라는 사실이다.

인간이라면 누구에게나 삶의 유통기한이 유한하게 정해져 있는 상황 속에서, 그러니까 누구나 언젠가는 죽음이라는 허무의 공간으로 사라질 수밖에 없는 사정 속에서, 왜 인간은 그 유한한 삶을 어떻게든 의미 있는 것으로 만들고자 애써온 것일까. 이것은 삶과 죽음에 관한 근본적인 역설이 아닐 수 없다. 모두가 언젠가 죽을 것이라는 것을 알면서도 삶을 허망하게 탕진하지 않으려는 것은, 어떤 누군가와의 관계로 인한 강력한 행복의 경험이 삶에 대한 강한 애착을 만들어내고 그것이 결국 죽음을 애써 망각하게 만들었기 때문일지도 모른다. 그러니 김성중의 『이슬라』가 그려내는 그 재앙과 같은 삶의 모습이 지금 우리가 처한 삶과 많이 겹쳐 읽힌다면, 그것은 삶에 대한 애착이 약해져 죽음을 망각하기 힘들어진 세계 속에 우리가 놓여 있다는 사실을 증명하는 것이기도 하다.

우리는 점차 '사랑'이 소멸되어가는 세계를 경험하고 있다. 김성중은 열다섯 소년·소녀의 사랑을 신과 인간의 그것처럼 "신비한 일"(117쪽)로 그려내면서, 이 복잡하게 불행하고 지독하게 절망적인 우리의 삶이 결국 '각설탕처럼 내 몸이 네 몸에 녹아들어가기를' 바라는 이 같은 신비로운 사랑의 힘을 통해 구원될 수 있다고 말해본다. 재난 소설에 가까운 『이슬라』는 역설적으로 누군가와의 강력한 사랑을 체험한 작가이기에 쓸 수 있었던 소설로 읽히는 것이다. 『이슬라』는 삶에 대한 절망이 아닌 삶에 대한 애착, 즉 죽음에 대한 공포를 말하는 소설이기 때문이다.

작가의 말

어느 날 수업이 끝나자 한 학생이 나에게 진지한 표정으로 질문을 던졌다. 소설을 다 썼는지 어떻게 알 수 있느냐는 것이다.

뭐라고 대답했던가. 잘 기억이 나지 않는다. 오히려 답보다 질문이 오래 남는 것이 이 경우인데, 나 역시 수없이 같은 질문을 스스로에게 던졌기 때문이다.

『이슬라』는 오래 품고 있던 이야기다. 소설 안에서는 백 년이 흘러가고 소설 밖에서도 시간이 많이 지체됐다. 이렇듯 안팎으로 시간이 흐르다 보니 책으로 묶기 전까지 세상의 모든 일들이 내

책의 힌트쯤으로 보이는 병을 얻었다. 많은 부분들을 덜어낼 뿐 이어 쓰지 못하고, 그렇게 한 해나 두 해쯤 지나버리면 문장들은 어딘가 모르게 늙어 있다. 문장이란 인간과 정반대여서 작가의 배 속에 오래 머물수록 출산이 힘들어지는 것 같다. 가장 젊은, 가장 나중에 잉태된 문장이 오히려 먼저 태어난다.

이야기는 여러 번 휘어졌다. '죽음을 낳는 자궁'이라는 아이디어만 적어놓고 몇 년을 잊고 지냈다. 여행을 다녀왔더니 공간이 생겨났고, 어느 날 의인화된 신의 모습으로 나타났다. 머릿속에 관념과 이미지와 감정의 덩어리가 생겼는데 그걸 집어 올릴 집게가 마땅치 않아 또 시간이 흘러갔다. 쓰면서 사로잡힌 의심. 내가 허공을 집은 것인지, 이야기를 집은 것인지 알 수 없다는 의심은 끝까지 나를 놓아주지 않았다.

그래서, 나는 아직도 그 학생의 질문에 답할 수 없다. 이야기가 끝이 나는 것을 알게 되는 날이 올까? 나는 이 소설이 많이 팔렸으면 좋겠다. 개정판을 찍게 되어 고치고 또 고칠 기회를 얻었으면 좋겠다. 이런 바람은 어리석고 미련이 많은, 나처럼 평범한 소설가들의 소망일 것이다. 지구 위 많은 작가들에게도 같은 순간이 있었으리라 믿고 겨우 책을 묶을 용기를 냈다.

이슬라

지은이 김성중
펴낸이 김영정

초판 1쇄 펴낸날 2018년 12월 25일
초판 3쇄 펴낸날 2019년 7월 23일

펴낸곳 (주)현대문학
등록번호 제1-452호
주소 06532 서울시 서초구 신반포로 321(잠원동, 미래엔)
전화 02-2017-0280
팩스 02-516-5433
홈페이지 www.hdmh.co.kr

ISBN 978-89-7275-957-7 04810
      978-89-7275-889-1 (세트)

• 책값은 뒤표지에 있습니다.